Felix Huby

Vier Freunde sprengen den Schmugglerring

Ueberreuter

CIP-Kurztitelaufnahme der Deutschen Bibliothek

Hungerbühler, Eberhard
Vier Freunde sprengen den Schmugglerring
Felix Huby. – Wien, Heidelberg · Ueberreuter, 1978.
ISBN 3-8000-2174-9
VW: Huby, Felix (Pseud.) – Hungerbühler, Eberhard

J 1128/1

Umschlag von Franz Josef Tripp

Papier und Gesamtherstellung: Salzer - Ueberreuter, Wien
Printed in Austria

Die wichtigsten Personen

Felix	ein schlaksiger, immer hungriger Junge mit einer Vorliebe für Zahlen und Geld
Rainer	genannt der Professor, weiß vieles besser und drückt sich sehr gedrechselt aus
Uli	hat Mut und durchtrainierte Muskeln
Berne	Ulis Bruder, führt meistens die Verhandlungen, wenn es knifflig wird
Jörg	ein Junge, der immer auf Draht ist, wenn es kritisch wird
Erwin Kattowitz	der Schmied von Jedelzheim, ein bärenstarker, einfallsreicher und wortkarger Kindskopf
Kommissar Lenz	ein im Dienst ergrautes Rauhbein
Victor Arantes	ein mit allen Wassern gewaschener Bandenchef

Annemirl	eine schöne Frau mit kriminellen Freunden
Rex	ein neugieriger, aber hilfsbereiter Segler
Franz Meyer	ein Journalist, der zum Glück ein Sportboot besitzt
Felix' Vater	der Autor dieses Buchs

Ein Rennen mit bösem Ausgang

Der asphaltierte Weg schlängelte sich in schwungvollen Kurven durch grüne Weinberge vom Kappelberg ins Tal hinunter – eine fast drei Kilometer lange abschüssige Bahn, die für ein Seifenkistenrennen besonders gut geeignet war.

Felix, Rainer, Uli und Berne, die vier Unzertrennlichen, hatten diesen Weg als Rennstrecke ausgesucht. Schon seit Wochen hatten sie an ihren vierrädrigen Fahrzeugen herumgebastelt und auf kürzeren Strecken trainiert. Jetzt standen die Seifenkisten an der Startlinie hoch oben auf dem Berg. Außer den vier Freunden wollten sich noch sieben andere Jungen an dem Rennen beteiligen. Aber jeder wußte, daß gegen die schnellen Flitzer aus der Werkstatt der Unzertrennlichen kaum etwas zu machen sein würde.

»Wie sieht es im Ziel aus?« fragte Uli über sein Funksprechgerät. Drei Kilometer weiter unten antwortete Jörg, der sich erst kürzlich den vier Freunden angeschlossen hatte: »Alles okay, wir haben die Straße abgesperrt.« Jörg warf noch einmal einen Blick in die Runde. Dort, wo der steile

Weg in ein flaches Teilstück überging, stand ein großes Schild mit dem Wort ZIEL. Zehn Meter dahinter war ein Seil gespannt, an dem im Abstand von fünfzig Zentimetern rote Stofflappen hingen. Zwei Tafeln trugen den Hinweis: »Vorsicht, Seifenkistenrennen!« Uli und Rainer waren am Tag zuvor bei der Polizei gewesen und hatten mit den Beamten besprochen, was für die Sicherheit getan werden mußte.
Jörg ließ seine Stoppuhr laufen, hielt sie an und ließ den Zeiger wieder auf Null zurückspringen. »Es kann losgehen!« rief er in sein Sprechfunkgerät.
Uli gab einem Jungen, der kleiner und schmächtiger war als die anderen, ein Zeichen. Die Seifenkiste, ein klapprjges Ding mit wackelnden Rädern, rollte zum Start. »Auf die Plätze«, rief Uli, »fertig, los!«
Der Junge schob seinen Renner an und sprang hinauf. Langsam holperte er auf die erste Kurve zu und verschwand dahinter.
Uli ging zu seinem Bruder Berne hinüber, der auf seiner Seifenkiste saß und den Namen des Starters in eine Liste eintrug. Die beiden Jungen sahen einander sehr ähnlich. Sie trugen das blonde Haar streichholzkurz und waren sportlich durchtrainiert. Aber während Uli, der Ältere der beiden, wenig sprach und sich oft nachdenklich zurückzog, war Berne das genaue Gegenteil. Er war der Spaßmacher unter den vier Freunden. Und wenn

es darum ging, irgendeine Sache ausfindig zu machen, knifflige Fragen an Erwachsene zu stellen oder sich mit Worten durchzusetzen, dann war der dreizehnjährige Berne der richtige Mann.

»Sechs Minuten, achtunddreißig Sekunden!« hörte man Jörg rufen.

Berne trug die Zeit ein und sagte: »Herbert ist als nächster dran.« Herbert schob ein schmales, schnittiges Fahrzeug mit luftgefüllten Gummireifen an den Start.

»Der sieht aber ziemlich schnell aus«, sagte Uli nachdenklich.

Felix stimmte zu: »Eine Zeit unter sechs Minuten ist bei dem drin.«
Uli kommandierte: »Auf die Plätze – fertig – los.«
Die schlanke Seifenkiste schoß die kurze Gerade hinunter, bog nach rechts ab und verschwand hinter den Rebstöcken.
Rainer, der neben seinem Fahrzeug kniete und die Räder ölte, schielte über seine fettverschmierte Brille zu seinen drei Freunden hinüber: »Ernsthafte Konkurrenz, was?« sagte er.
Felix setzte sich neben Rainer und ließ spielerisch ein Rad durch die Finger laufen. »Schneller als Uli ist Herbert bestimmt nicht.«
Rainer, der älteste der vier Freunde, auch Professor genannt, legte zweifelnd die Stirn in Falten: »Kommt drauf an, wie er fährt.«
Uli rief herüber: »Felix, du bist der nächste!«
Felix, ein schlaksiger, hochaufgeschossener Junge, stand langsam auf und schlenderte zu einem wunderlichen Fahrzeug hinüber: auf den zwei Achsen eines Kinderwagens war ein Paar alter Skier so angebracht, daß ihre Spitzen vorn zusammenliefen. Auf den hinteren Enden war als Sitz ein Autoreifen montiert.
»Fünf Minuten, achtundzwanzigeinhalb Sekunden«, meldete Jörg. Das war Herberts Zeit.
»Mein lieber Mann!« sagte Rainer bewundernd.
Felix zog seine gelbe Schirmmütze tief ins Gesicht. Er hatte sein rechtes Knie auf den Grummireifen

gesetzt, und als Uli das Startkommando gab, schob er mit dem linken Fuß kräftig an. Erst kurz vor der Kurve setzte er sich zurecht und legte den Oberkörper so weit nach hinten, daß er den Straßenverlauf gerade noch über die Schuhspitzen erkennen konnte. Gesteuert wurde seine Seifenkiste mit zwei Schnüren, die dicht neben den vorderen Reifen festgemacht waren.

Felix schnitt die erste Kurve in der Ideallinie und fuhr nun in eine lange Gerade ein, die auf eine enge Linkskurve zuführte. Die Seifenkiste rollte gut. Felix hörte ein pfeifendes Geräusch, das vom Fahrtwind kam. Kurz vor der Linkskurve setzte er den linken Fuß leicht auf das Vorderrad, um das Tempo etwas zu drosseln. Elegant ging die schnelle Kiste in die Biegung. Felix legte seinen Körper weit nach links. Für Sekundenbruchteile fuhr sein Gefährt nur auf zwei Rädern, aber er zwang es wieder voll auf die Bahn und warf den Oberkörper nach rechts, ohne die Geschwindigkeit zu verringern. Das war knapp: Die Seifenkiste wurde weit hinausgetrieben, die linken Räder schnurrten über den lose am Wegrand liegenden Schotter. Jetzt aber lag das Fahrzeug wieder gerade.

In diesem Augenblick hörte Jörg hinter sich einen aufheulenden Motor. Er warf den Kopf herum und sah ein Auto auf sich zukommen. Ohne langsamer zu werden, raste der Wagen auf die Ziellinie zu. Jörg winkte verzweifelt und rief: »Halt!«,

aber der Motorenlärm verschluckte seinen Schrekkensschrei.
Felix nahm die nächste Rechtskurve. Er hatte jetzt ein ganz sicheres Gefühl. Die Räder liefen gut. Er kannte die Strecke und konnte sich jeweils die beste Bahn aussuchen.
Jörg registrierte automatisch: »Ein Mercedes 230 SE«, dann mußte er mit einem gewaltigen Satz in den Straßengraben springen. Ein Schotterhagel ging auf ihn nieder. Der Wagen hatte das Seil mit den roten Stofflappen durchbrochen und raste nun den Berg hinauf. Das Seil flatterte zu beiden Seiten des Wagens im Fahrtwind. Die roten Lappen sahen aus wie lustige Wimpel.
Jörg sprang auf die Straße und brüllte in sein Sprechfunkgerät: »Vorsicht, Auto!«
Felix konnte ihn natürlich nicht hören. Er fuhr in das letzte Drittel der Strecke ein. Hier ließ sich die Rennkiste noch einmal voll ausfahren, denn der Weg führte jetzt in zwei weichen, langgezogenen Kurven dem Ziel entgegen. Felix zog leicht an der linken Schnur, die Vorderachse folgte der Bewegung, und sein Fahrzeug legte sich sanft in die Kurve.
Das Auto sah er wie einen Schatten. Plötzlich war es da. Dicht vor ihm. Er spürte einen heftigen Schlag, wirbelte durch die Luft und landete in einem Busch, vier Meter vom Straßenrand entfernt. Dort blieb er liegen. Sein rechtes Bein schmerzte höllisch. Der Wagen raste davon.

Als Uli Jörgs entsetzten Aufschrei »Vorsicht, Auto!« gehört hatte, war er mit einem Satz auf seinen Renner gesprungen und losgefahren. Rainer und Berne rannten zu Fuß hinterher. Nach der dritten Kurve, die Uli in voller Fahrt nahm, konnte er gerade noch sehen, wie ein Mercedes-Benz in einen unbefestigten Seitenweg einbog und dabei eine Staubwolke hochwirbelte. Die Nummer des Wagens war nur teilweise auszumachen. »WN – CZ . . .«, mehr konnte Uli nicht mehr erkennen. Er stoppte gar nicht erst, sondern raste weiter talwärts, bis er die Kiste von Felix sah, besser gesagt, die Teile der Kiste, die noch übrig waren: zersplitterte Bretter, zerbrochene Skispitzen, ein Rad lag zerbeult und verbogen mitten auf der Fahrbahn.

Uli machte eine Vollbremsung und sprang von seinem Fahrzeug. Die Angst schnürte ihm die Kehle zu. Er sah gehetzt um sich, konnte den Freund aber nirgends entdecken.

Vom Tal her keuchte Jörg auf seinem Fahrrad den Berg herauf. Atemlos sprang er neben Uli ab. »Ich suche rechts, geh du nach links«, sagte Uli.

Sie schlugen sich in die Büsche. Plötzlich hörten sie Felix rufen. Uli stieß die Luft mit einem hörbaren Seufzer aus, sagte: »Gott sei Dank« und rannte mit langen Schritten auf die Stelle zu, von der die Stimme zu hören gewesen war.

Wenige Minuten später standen Rainer, Jörg, Uli und Berne um ihren Freund herum, der leise stöhnend im Gebüsch lag.

»Das wäre eine Zeit um die fünf Minuten geworden«, war das erste, was Felix sagte.
»Na, du hast Sorgen!« Rainer sah den Freund ernst an.
»Wir brauchen die Polizei und einen Krankenwagen«, sagte er. »Jörg, machst du das?«
»Bin schon unterwegs!« rief Jörg, setzte über den Straßengraben und schwang sich auf sein Fahrrad.
Felix versuchte ein Grinsen. »Ich wollte schon immer mal mit einem Krankenwagen fahren.«
Das durfte er dann auch. Schon zehn Minuten nachdem Jörg davongebraust war, tauchte mit Blaulicht und Martinshorn ein Polizeifahrzeug auf, und wenige Minuten danach erschien auch der Krankenwagen.
Der Arzt besah sich den Schaden und sagte: »Schürfungen, Prellungen und ein Unterschenkelbruch.«
Zwei Sanitäter hoben Felix auf eine Bahre. Uli ging nebenher und zerbrach sich den Kopf nach irgend etwas Tröstlichem, das er dem Freund sagen könnte. Er hatte einen Kloß im Hals, brachte schließlich aber doch heraus: »Wir finden den Kerl, der dich angefahren hat.«
Felix nickte nur. Ihm war ziemlich mulmig zumute. Schließlich konnte man nie wissen, was die im Krankenhaus mit einem machten.
Die Polizisten zeichneten mit gelber und weißer Kreide genau die Positionen der beiden Fahrzeuge

im Augenblick des Unfalls auf die Straße. Dann ließen sie sich von den Jungen erzählen, was geschehen war. Aber die Freunde konnten nicht viel berichten, da sie im Augenblick des Unfalls alle außer Sichtweite gewesen waren.

»Und wie steht's mit der Autonummer?« sagte ein Beamter zu Jörg, der gerade das Fahrzeug beschrieben hatte.

»Ich kann mich nur noch an die Zahl erinnern«, erwiderte Jörg, »Sie war 68.«

»Und ich weiß die Buchstaben«, rief Uli, »WN – CZ!«

»Ausgezeichnet«, sagte der Beamte, »dann haben wir den Fahrer bald.«
Er gab das Kennzeichen »WN – CZ 68« und die Typenbezeichnung »Mercedes 230 SE« sowie die Farbe »Beige« über Funk durch und bat um »die sofortige Ermittlung des Wagenhalters«.
Den Jungen erklärte er: »Neuerdings haben wir ein Computersystem, da können wir in wenigen Sekunden alle wichtigen Daten abfragen.« Wie als Beweis dafür hörten sie jetzt eine leicht verzerrte Stimme aus dem Lautsprecher des Funkgerätes: »Das Fahrzeug WN -CZ 68 gehört Dr. Alexander Freiling, Arzt in Waiblingen. Der Wagen ist seit gestern als gestohlen gemeldet.«
»Da haben wir den Salat«, schimpfte Uli.
Der Polizeibeamte kratzte sich nachdenklich am Kopf. »Das wird wieder mal ein schwieriger Fall«, sagte er. »Ihr wißt vielleicht, daß sich die Diebstähle von Luxusautos häufen. Gerade bei uns, im Raum Stuttgart, sind es zur Zeit täglich oft zehn und mehr Wagen, die gestohlen werden und spurlos verschwinden. Für uns ist es ein Rätsel, wie die Diebe das machen. Es muß eine gut organisierte Bande sein, die dahintersteckt. Wahrscheinlich haben sie irgendwo ein Versteck, wo sie die Autos umspritzen, also in einer anderen Farbe lackieren und mit falschen Papieren versehen. Dann bringen sie die Wagen nach Jugoslawien, in die Türkei oder in irgendein arabisches Land und kassieren gewaltige Summen dafür.«

Rainer meldete sich zu Wort. »Ich habe gelesen, daß diese Banden so organisiert sind, daß kein Mitglied das andere kennt. Nur der Chef kennt jeden. Der, der zum Beispiel die Unterlagen für die falschen Papiere stiehlt, kennt den Drucker nicht, der die Papiere fälscht. Und der Autodieb weiß nicht, an wen er das Fahrzeug weitergibt, wenn er es irgendwo abstellt, wo es vom nächsten Bandenmitglied abgeholt wird.«
»Das ist alles richtig.« Der Polizist nickte. »Und das macht uns die Aufklärungsarbeit auch so schwer. Ich kann euch also gar keine großen Hoffnungen machen, daß wir den Täter finden, der euren Freund verletzt hat.«
Uli sagte leise vor sich hin: »Den werden wir schon finden.«
»Wie bitte?« fragte der Polizist scharf; er hatte Uli nicht richtig verstanden.
»Ach, nichts«, sagte Uli und sah zur Seite.
»Ich muß noch eure Namen aufschreiben.« Der Beamte zückte sein Notizbuch.
»Uli und Berne Leibfried«, sagte Rainer, »Jörg Haußmann und Rainer Kurz.«
»Und der Verletzte heißt Felix Hungerbühler«, fügte der Polizist hinzu. »Die Namen kommen mir doch bekannt vor?«. Er sah die Freunde nacheinander an. »Von euch stand doch mal etwas in der Zeitung.«
»Ja, letztes Jahr im Sommer«, sagte Rainer eifrig.

»Laß doch!« brummelte Uli. »Das ist doch nicht so wichtig.«
Aber Rainer ließ sich nicht stoppen. Er erzählte für sein Leben gern von dem großen Abenteuer, das er mit Uli, Berne und Felix in den letzten Sommerferien auf der Schwäbischen Alb bestanden hatte*.
»Wir haben zwei Bankräuber gefunden und gestellt. Sie hatten sich zuletzt in einer Wasserhöhle versteckt.«
»Richtig, jetzt fällt's mir wieder ein«, sagte der Beamte. »In der Wimsener Höhle war das. Ihr und so ein verrückter Schmied aus Jedelzheim seid mit einer Taucherausrüstung bis in den hintersten Teil vorgedrungen. So war es doch, oder?«
»Ja, genau«, sagte Rainer, »aber das war kein verrückter Schmied, sondern ein ganz toller Mann. Wir fahren dieses Jahr in den Sommerferien wieder zu ihm.«
»Na, hoffentlich spielt ihr dann nicht wieder Räuber und Gendarm«, lachte der Polizist.
Er hätte sich gewundert, wenn er auch nur geahnt hätte, was in diesem Sommer noch alles passieren würde.

* Felix Huby, Vier Freunde auf heißer Spur, Verlag Carl Ueberreuter, Wien - Heidelberg 1976.

Ein seltsamer Patient

Felix lag in einem kahlen weißen Zimmer. Immer wieder hob er sein rechtes Bein und starrte auf den mächtigen Gipsverband, auf den der Arzt als erster seinen Namenszug geschrieben hatte: „Dr. Franz Walther.«

»Drei Wochen«, hatte der Doktor gesagt, als Felix ihn gefragt hatte, wie lange er den Gips tragen müsse, und er hatte noch hinzugefügt: »Von den Sommerferien wirst du also nicht viel versäumen.«

Eigentlich hätte Felix mit seinem Gips gleich nach Hause humpeln können, aber die Ärzte waren nicht sicher, ob er nicht auch eine Gehirnerschütterung davongetragen hatte. Deshalb sollte er ein paar Tage in der Klinik bleiben.

Es klopfte kräftig an der Tür. Felix rief: »Herein!« Als erster schob Rainer den Kopf durch den Spalt, dann stürmten auch die anderen ins Zimmer. Wortlos stellte Uli den Pokal für den Sieger im Seifenkistenrennen auf den Nachttisch. »Wir haben einstimmig beschlossen«, sagte Berne, »daß er dir gehört.«

Felix war so gerührt, daß er zunächst einmal kein Wort herausbrachte.

»Du hattest ja auch erstklassige Zwischenzeiten«, sagte Rainer schnell. Nachdem Uli, Berne, Rainer und Jörg ihre Autogramme auf das Gipsbein gemalt hatten, fragte Felix: »Hat die Polizei schon etwas herausgefunden?«

Seine Freunde schüttelten die Köpfe.
Rainer, der sich auf das breite Fensterbrett des Krankenzimmers gesetzt hatte und in regelmäßigen Abständen mit den Absätzen gegen die Wandverschalung bumste, sagte: »Ich war heute morgen im Archiv der *Stuttgarter Zeitung* und habe mir alle Artikel über Autodiebstähle herausgesucht und fotokopieren lassen; aber daraus kann man zunächst noch nicht viel schließen.«
»Was heißt zunächst?« wollte Berne wissen.
Rainer hob den Zeigefinger der rechten Hand: »Das heißt, daß ich noch keinen systematischen Vergleich angestellt habe. Vielleicht gibt es eine Reihe von Übereinstimmungen, die mir bisher entgangen sind und die uns auf eine Spur führen.«
Die anderen schauten Rainer ungläubig an.
»Du mit deinem hochtrabenden Gerede«, maulte Uli. »Wenn's da etwas rauszukriegen gibt, wäre die Polizei doch längst dahintergekommen.«
Rainer schwieg verärgert.
Felix warf ein: »So kannst du das nicht sagen. Letztes Jahr im Sommer sind wir auch durch Kombination dahintergekommen, wohin die Gangster den Geldschrank transportiert hatten.«
»Stimmt«, sagte Rainer, der jetzt wieder Oberwasser bekam, »wenn wir nicht festgestellt hätten, daß ein VW-Transporter nur dann so tiefe Spuren im Waldboden hinterläßt, wenn er wahnsinnig schwer beladen ist – zum Beispiel mit einem Geldschrank . . .«

»Mensch, das wissen wir doch alles«, fuhr Uli dazwischen, »aber dieser Fall liegt nun halt mal anders. Es gibt einfach keine Hinweise.«

Aber Rainer ließ sich jetzt nicht mehr aus dem Konzept bringen. »Natürlich gibt es Indizien. Zum Beispiel werden ausschließlich Mercedes-Wagen und Alfa Romeos gestohlen. Und alle aus der Zweiliterklasse oder noch größer.«

»Na, und?« fragte Jörg. »Ist doch klar! Je teurer das Auto, um so höher der Gewinn!«

»Zwei der Autos sind am selben Übergang an der Grenze zwischen Deutschland und der Schweiz sichergestellt worden«, fuhr Rainer unbeirrt fort. »Die Fahrer konnten über die Herkunft der Fahrzeuge keine Auskunft geben. Interessant war allerdings, daß sie beim Verhör doch eine Übereinstimmung zugaben.«

Rainer machte ganz bewußt eine Pause. Er ließ sich von seinem Sitz auf dem Fensterbrett herabgleiten und lehnte sich lässig gegen das Fußende von Felix' Bett.

»Nun red schon, mach's nicht so spannend«, sagte Berne.

Noch einmal schaute Rainer im Kreis herum, dann sagte er bedeutungsvoll: »Beide Fahrer haben die Autos in der Nähe des Sporthafens von Konstanz übernommen.«

Uli drehte sich um und sah gelangweilt aus dem Fenster. »Eine tolle Entdeckung!« brummte er.

Felix aber richtete sich ein wenig in seinem Bett

auf. »Hört mal, mein Onkel hat ein Boot, das liegt im Neckarhafen. Ich kann mir gut vorstellen, daß man in einer so verwinkelten Gegend mit vielen Schuppen und Gäßchen eine Werkstatt zum Umfrisieren von Autos unterbringen kann.«

»Das stimmt natürlich«, warf Berne ein, »und da wird auch immer gehämmert und geschweißt und was weiß ich noch alles.«

»Keine schlechte Tarnung«, meinte nun auch Jörg.

»Also gut«, sagte Uli widerwillig, »und was machen wir jetzt?«

Rainer schlug vor: »Felix hat doch Zeit. Ich muß noch Mathe büffeln. Vor den großen Ferien schreiben wir sowieso jeden Tag eine Arbeit. Aber Felix könnte noch mal alle Zeitungsausschnitte lesen und vergleichen, vielleicht fällt ihm etwas auf. Morgen treffen wir uns wieder um die gleiche Zeit hier.«

»Alles klar!« meinte Felix. Die Besucher gaben ihm nacheinander die Hand und verließen das Zimmer.

Felix legte sich ein wenig erschöpft zurück. Der Besuch hatte ihn offensichtlich doch angestrengt.

Der Arzt, ein junger Mann mit einem gewaltigen Vollbart, kam herein.

»Na, sind deine Freunde weg?«

Felix nickte.

»Ich hätte sie jetzt sowieso rausgeworfen«, sagte

Dr. Walther mit einem lustigen Blinzeln in den Augen. »In den ersten Tagen solltest du möglichst viel Ruhe haben.«

»Ich fühl' mich aber ganz wohl. Kann ich nicht vielleicht doch nach Hause?«

Der Doktor lachte. »Nur nicht so rasch, wenn man's eilig hat.« Dann bemerkte er die Fotokopien, die sich auf der Bettdecke stapelten. »Was hast du denn da?« fragte er.

Felix erzählte ihm von den Vermutungen seiner Freunde.

»Du solltest aber nicht soviel Kleingedrucktes lesen«, sagte der Arzt ernst, »wir können noch immer nicht sicher sein, ob du nicht vielleicht doch eine Gehirnerschütterung hast.«

Er winkte Felix zu und ging zur Tür. Mit der Hand auf der Klinke blieb er stehen und sah noch einmal zu dem Jungen hinüber. »Mir fällt da etwas ein«, sagte er nachdenklich. »Vor ein paar Wochen hatten wir einen Unfallpatienten, schwerer Verkehrsunfall, weißt du. Ein Privatpatient übrigens, mit ziemlich viel Geld. Er war ohne Bewußtsein, als er eingeliefert wurde. Ich hatte Nachtdienst, und der Chefarzt war nicht zu erreichen, weil er in der Oper war.«

Dr. Walther kam wieder zurück und setzte sich auf den Bettrand.

»Wir mußten seine Identität feststellen. Deshalb durchsuchten wir seine Taschen und sein Gepäck. Wir fanden einen Führerschein auf den Namen ...«, der Doktor zögerte, »Also, der Name ist mir entfallen. Wir fanden aber auch einen Stapel Fahrzeugpapiere, die noch nicht ausgefüllt waren. Zuerst dachte ich, der Mann sei Prüfer im Verkehrsamt oder so etwas, aber dann wäre er wohl nicht so gut bei Kasse gewesen. In seinem Gepäck waren nämlich auch richtige Geldpakete. Tausend Mark!« Der Arzt schob sich eine Zigarette zwischen die Lippen, nahm sie aber gleich wieder heraus und steckte sie in die äußere Brusttasche seines Arztkittels.

»Kurz und gut, ich operierte ihn und vergaß in all dem Trubel, die Polizei von meinem seltsamen Fund in Kenntnis zu setzen. Schließlich, was ging's mich auch an? Vielleicht hatte der Mann ja ganz gute und vernünftige Gründe dafür, daß er die Papiere mit sich herumtrug. Das redete ich mir zumindest damals ein.«

Felix hatte immer aufmerksamer zugehört. Jetzt saß er aufrecht in seinem Bett und ließ das Gesicht des Doktors nicht mehr aus den Augen.

»Eines Tages«, erzählte der Arzt weiter, »lange bevor der Mann gesund war, verschwand er plötzlich. Er holte nachts heimlich seine Kleider und sein Gepäck aus dem Schrank und schlich davon. Er hinterließ einen ansehnlichen Geldbetrag, mit dem er offensichtlich die Rechnung begleichen wollte.«

»Und Sie haben ihn nicht gesucht?« fragte Felix.

»Natürlich. Es stellte sich aber schnell heraus, daß

die Personalpapiere, die wir bei ihm gefunden hatten, gefälscht waren. Es gab unter der eingetragenen Adresse nicht mal ein Haus und natürlich noch viel weniger einen Mann, der dort wohnte.«

»Das ist wirklich sehr interessant«, meinte Felix.

»Vorsicht vor falschen Schlüssen«, sagte der Arzt. »Ich hätte dir das gar nicht erzählt, wenn nicht noch etwas Seltsames passiert wäre.« Mit einer automatischen Bewegung schob er sich von neuem eine Zigarette zwischen die Lippen, nahm sie sofort wieder heraus und steckte sie zu der anderen in die Brusttasche.

»Von mir aus können Sie gern rauchen«, sagte Felix höflich.

Dr. Walther lachte und tätschelte das Gipsbein des Jungen. »In einem Krankenzimmer darf ich das doch nicht! Und außerdem will ich es mir sowieso abgewöhnen.«

»Und was ist nun noch passiert?«

»Tja, vorletzte Woche war ich mit einem Freund am Bodensee zum Segeln. Er hat sein Boot im Konstanzer Jachthafen liegen. Wir hatten ganz ausgezeichneten Wind und blieben lange draußen. Als wir wieder in den Hafen einliefen, dämmerte es schon. Wir holten die Segel ein und vertäuten das Schiff. Hundemüde kletterten wir von Deck, um in der nächsten Kneipe noch einen Schluck zu trinken. Da sah ich plötzlich unseren seltsamen Patienten. Er lehnte an einem großen Bootsschuppen und rauchte Pfeife. Ich machte ein paar Schritte auf ihn zu und rief seinen Namen ... Himmel noch mal, wie hieß er doch gleich ... Es war ein ganz alltäglicher Name, so wie Meier oder Müller ... Moment ... Ja, ich hab's, Huber ... Er hatte sich Huber genannt. Ich rief also: ›Herr Huber!‹ Er sah einen Augenblick zu mir herüber, ging dann schnell über den kleinen Platz vor dem Schuppen und stieg in ein Auto. Es muß ein Jaguar oder so etwas gewesen sein. Ein schicker Schlitten eben ...«

»Alfa Romeo vielleicht?« fuhr Felix dazwischen.

»Kann sein, es war schon ziemlich dunkel. Also, er stieg ein und fuhr schnell davon.«

Felix pfiff durch die Zähne.

»Ich wiederhole: keine vorschnellen Schlüsse«, sagte Dr. Walther.
»Aber die Polizei muß es doch erfahren«, beharrte Felix. »Wo liegt denn der Schuppen?«
»Ich sagte doch, im Konstanzer Jachthafen.«
»Und wo ungefähr?« Felix blieb hartnäckig.
Mit einem Seufzer zog der Doktor einen schwarzen Stift aus seiner Kitteltasche und begann eine Skizze auf das Gipsbein von Felix zu malen. Dazu sprach er langsam vor sich hin: »Also hier ist der Eingang zum Hafen, da ungefähr ist der große Anlegesteg, und hier beginnen die Bootsschuppen. Vorne liegen die kleineren und hier, weiter hinten, die großen. Und an diesem Punkt etwa sah ich den Mann stehen.«
Felix spürte jetzt keine Müdigkeit mehr, er war sehr aufgeregt.
Der Doktor schüttelte den Kopf. »Ich bin wirklich ein Kindskopf«, brummelte er. »Jeder Arzt weiß, daß Patienten mit Verdacht auf Gehirnerschütterung vor jeder Aufregung geschützt werden sollen, und was mache ich . . .?«
Felix beruhigte ihn: »Ich fühle mich jetzt sogar viel besser.«
Dr. Walther gab ihm ein Beruhigungsmittel und verabschiedete sich. Felix starrte noch lange auf die Planskizze, die der Doktor auf sein Gipsbein gemalt hatte. Er wehrte sich gegen die Müdigkeit, die ganz langsam von den Zehenspitzen her in seinem Körper emporkroch. Aber die Augenlider fie-

len ihm immer wieder zu. Das Bild auf seinem Bein verschwamm und bekam neue Konturen. Plötzlich sah alles ganz lebendig aus. Felix sah richtige Häuser, Hütten und Schuppen. Stolze Segelschiffe glitten über glattes Wasser, legten an, Segel wurden gerefft, Menschen eilten hin und her. Felix tauchte tief in einen traumlosen Schlaf ein.

Als er wieder aufwachte, stand eine Krankenschwester mit einem Frühstückstablett neben seinem Bett. Es war heller Tag.

»Wie spät ist es?« fragte Felix.

»Elf Uhr«, sagte die Frau in der blau-weiß gestreiften Tracht mit einem freundlichen Lächeln. »Du hast lange geschlafen, draußen steht schon einer deiner Freunde. Aber jetzt wird zuerst einmal ordentlich gefrühstückt.«

»Die müßten doch jetzt alle in der Schule sein.«

»Mach dir darüber keine Gedanken«, sagte die Schwester streng, »und iß dein Frühstück.«

»Dabei kann mir mein Freund doch Gesellschaft leisten, wenn er schon da ist.«

»Du bist vielleicht ein Quälgeist«, seufzte die Schwester und ging zur Tür.

Rainer schlüpfte herein. »Ich hab' mir nach der Mathearbeit freigenommen«, sagte er, »ich habe einfach behauptet, daß ich zur Polizei müßte.«

»Mußt du auch«, sagte Felix mit vollen Backen, »ich habe ganz neue Informationen.«

Rainer nahm sich ein mit Butter bestrichenes Bröt-

chen vom Frühstückstablett und biß hinein. »Erzähl mal«, mümmelte er.
Felix gab einen exakten Bericht. Die Zeichnung auf seinem Gipsbein spielte dabei eine große Rolle. Als er fertig war, sprang Rainer auf. Er nahm schnell noch einen Schluck von dem Malzkaffee, der eigentlich für den kranken Freund bestimmt war, dann rannte er los. »Ich schaffe es noch vor dem Mittagessen, bei der Polizei vorbeizugehen!« rief er von der Tür her, und schon war er draußen.

Ein neuer Ferienplan

Am Nachmittag fanden sich Uli, Berne und Rainer wieder bei Felix ein. Jörg konnte nicht mitkommen, weil er seinem Vater in dessen Werkstatt helfen mußte.

Die Freunde hatten gerade das Krankenzimmer betreten, als auch Dr. Walther hereinkam. Er nahm einen tiefen Zug aus seiner Zigarette und warf sie dann ärgerlich aus dem Fenster. »Fast eine Stunde lang haben mich heute morgen zwei Polizisten verhört«, sagte er mißmutig, »und dann haben sie mir auch noch vorgeworfen, daß ich damals nicht gleich Meldung gemacht habe.«

»Das tut mir leid«, sagte Felix kleinlaut.

»Ach was, du kannst doch gar nichts dafür.«

»Kam denn etwas Interessantes dabei heraus?« fragte Rainer.

Der Arzt sah ihn an: »Ich glaube nicht. Zur Zeit durchsucht ein Polizeikommando den Konstanzer Jachthafen. Die Beamten wollen mir gleich Bescheid geben, wenn sich etwas ergeben sollte.«

Rainer nahm den Stapel Fotokopien vom Nachttisch und blätterte ihn durch. »Hast du irgend etwas herausgebracht?« fragte er Felix.

»Nein, gar nichts«, sagte Felix, der nicht zugeben wollte, daß er nur ein Paar der Artikel überflogen hatte. Lesen war nun mal nicht sein Hobby.

Es klopfte. Dr. Walther ging zur Tür und ließ einen Polizeibeamten ein.

»Man sagte mir, daß ich Sie hier finde, Herr Doktor«, sagte der Polizist förmlich. »Wir haben Nachricht aus Konstanz.«
Die vier Jungen hoben ruckartig die Köpfe und schauten den Beamten gespannt an. Er zog ein Fernschreiben aus der Tasche und las vor:
»Eine gründliche Durchsuchung aller in Frage kommenden Anwesen im Jachthafen Konstanz brachte keinerlei Hinweise auf eine artfremde Verwendung irgendeines Gebäudes. Zusätzliche Recherchen ergaben keinerlei Indizien für eine frühere entsprechende Aktivität.«
»Ein Schuß in den Ofen«, sagte Uli, und der Polizist meinte: »Damit sind wir wieder am Punkt Null.«
Dr. Walther hob die Schultern. »Ich habe ja gleich vor zu schnellen Schlüssen gewarnt. Es wäre schon ein starker Zufall gewesen, wenn das alles zueinander gepaßt hätte.«
»Nun ja«, sagte der Polizist. »solche Zufälle helfen uns oft. Die Welt ist kleiner, als man denkt.«
Berne, der eine Zeitlang die Zeichnung auf Felix' Gipsbein angestarrt hatte, sagte wie zu sich selbst: »Und wenn sie nun die Autos ganz woanders frisieren und mit dem Schiff nach Konstanz bringen?«
Für einen Moment schaute ihn der Polizist aufmerksam an, dann schüttelte er seinen mächtigen Kopf, auf dem ein gewaltiger Busch eisgrauer Haare nach allen Seiten abstand. »Daran glaube

ich nicht, das scheint mir nun doch zu unwahrscheinlich.« Dann verabschiedete er sich von allen, ging zur Tür, machte noch einmal eine kurze Verbeugung und verließ das Zimmer.

»Nun hätte ich fast vergessen, warum ich eigentlich gekommen bin«, sagte Dr. Walther. »Wir sind nun, nach allen Untersuchungen, sicher, daß du keine Gehirnerschütterung hast, Felix. Du kannst also nach Hause. Dein Vater ist schon benachrichtigt. Er kommt mit dem Wagen, um dich zu holen.«

Felix stieß einen Jubelschrei aus und schwang sofort das schwere Gipsbein aus dem Bett.

Die Freunde vereinbarten, sich gegen Abend bei Felix zu treffen, um Ferienpläne zu besprechen.

Gegen sieben Uhr abends saßen sie alle wieder zusammen. Sie hatten es sich auf dem Fußboden bequem gemacht, weil alle Stühle und das Bett mit Bastelmaterial belegt waren. In der Mitte zwischen ihnen hatten sie eine große Landkarte ausgebreitet.

Uli fuhr mit dem Zeigefinger der rechten Hand eine Strecke nach. »Siebzig Kilometer bis Jedelzheim«, sagte er, »das schaffen wir leicht an einem Tag.«

Berne beugte sich tief über die Karte und zeigte jetzt auf den Bodensee. »Das wären noch mal zwei Tagestouren.«

»Du meinst, wir sollten ...?« Rainer ließ den Satz in der Luft hängen.
Jörg, der zum erstenmal mit von der Partie sein würde, sagte langsam: »Wenn das alles stimmt, was ihr von dem Schmied, ich meine von diesem Herrn Kattowitz, erzählt habt, könnte es doch sein, daß er ...«
»Mensch, klar«, unterbrach ihn Berne, »der macht bestimmt mit.«
»Wir könnten mit den Rädern bis Jedelzheim fahren, und der Schmied könnte uns dann mit seinem Landrover zum Bodensee bringen.«
Uli, der nicht so leicht in Begeisterung geriet wie die anderen, bremste: »Ich glaube, ihr seid nicht

ganz bei Trost. Ihr könnt doch nicht einfach bestimmen, was der Herr Kattowitz tun soll. Der hat bestimmt schon ganz andere Pläne.«
»Stimmt«, gab Rainer zu, »schließlich wollte er ja mit uns die neue Höhle erforschen.«
»Das beste wird sein, wir rufen ihn an«, sagte Felix und humpelte in das Arbeitszimmer seines Vaters. »Kann ich mal das Telefon haben?« fragte er. Der Vater blickte nur für einen Moment von seiner Arbeit auf und brummte etwas, was man als Zustimmung auslegen konnte.
Der Apparat hatte eine lange Schnur, die bis ins Kinderzimmer reichte.
»Wer spricht mit ihm?«
Die Frage war überflüssig, denn jeder wußte, daß dies Bernes Aufgabe war. Rainer, mit seinem enormen Zahlengedächtnis, hatte die Telefonnummer im Kopf.
Berne wählte.
Als sich der Schmied mit donnernder Stimme meldete, »Kattowitz«, hielt Berne den Hörer weit vom Ohr weg, und Felix zuckte unwillkürlich zusammen. Er erinnerte sich daran, wie ihm der Schmied im letzten Jahr immer seine Pranke freundschaftlich auf die Schulter gehauen hatte, so daß er jedesmal in die Knie gegangen war.
»Hallo«, rief Berne, »wir sind's, die vier Freunde, das heißt, inzwischen sind wir fünf.«
»Prima!« rief der Schmied. »Da muß ich ein Bett mehr herrichten, was?«

Berne sagte: »Jörg kann aber nur ein paar Tage bleiben, weil er seine Lehre als Elektriker antreten muß, und überhaupt ist das so eine Sache...« Berne zog die Wörter in die Länge.
»Sagt bloß, ihr wollt nicht kommen. Wenn ihr mich sitzenlaßt, könnt ihr was erleben.«
»Natürlich kommen wir, aber wir sind da – wie soll ich sagen – in einen Kriminalfall verwickelt.«
»Schon wieder – möchte wissen, wie ihr das macht.« Die Stimme des Schmiedes war so laut, daß alle fünf mühelos mithören konnten. Dicht gedrängt saßen sie im Schneidersitz um den Telefonapparat herum.
Berne erzählte, was in den letzten drei Tagen geschehen war. Dann war erst mal eine Pause.
»Hallo!« rief Berne. »Sind Sie noch dran?«
»Klar, aber ich überlege. Schließlich habe ich noch kein Patent als Schnelldenker. Wann gehen eure Ferien los?«
»In drei Wochen.«
»Und ist Freund Humpelbein dann schon wieder aktionsfähig?«
Berne sah zu Felix hinüber. »Ob er schon wieder radfahren kann, weiß ich nicht, aber der Gips soll dann bereits weg sein.«
»Also gut«, dröhnte die Stimme des Schmieds aus dem Hörer, »ich muß sowieso irgendwann nach Stuttgart. Da kann ich's ja so einrichten, daß ich meinen Termin auf euren Ferienanfang lege.« Erwin Kattowitz stieß die Luft hörbar aus. Das war

einer der längsten zusammenhängenden Sätze, die er seit langem gesprochen hatte.
Berne rief: »Das hört sich ja prima an!«
»Ja, und dann sehen wir weiter«, sagte der Schmied am anderen Ende der Leitung.
»Werden Sie mit uns zum Bodensee fahren?«
»Klar, ich mache sowieso Betriebsferien. Wir können am See ein paar Tauchübungen machen, und wenn wir nebenher die Gauner finden ...« Erwin Kattowitz brach ab, es war ihm zuwider, so viel zu reden. »So wird's gemacht. Alles klar?«
»Klar«, sagte Berne und grinste.
Am anderen Ende der Leitung wurde der Hörer aufgelegt, ohne Gruß und ohne Abschiedsfloskel. Das war so die Art von Erwin Kattowitz, dem Schmied aus Jedelzheim.
Für die vier Freunde, Uli, Berne, Rainer und Felix, war der Schmied längst ein guter Freund. Erwin Kattowitz, etwa vierzig Jahre alt, fast zwei Meter groß und zweieinhalb Zentner schwer, war ihnen begegnet, als sie im Jahr zuvor ihre ersten gemeinsamen Ferien ohne Eltern gemacht hatten. Sie waren in einer Hütte auf der Schwäbischen Alb untergekommen. Felix hatte damals die Reifenspuren eines VW-Transporters entdeckt, die tief in das Erdreich eines Waldweges eingegraben waren – unnatürlich tief. Rainer hatte am selben Tag in der Zeitung von einem Bankeinbruch gelesen, bei dem ein ganzer Tresor gestohlen worden war, nachdem die Diebe zuvor offensichtlich vergeblich ver-

sucht hatten, den Geldschrank zu knacken. In einer abenteuerlichen Jagd, bei der Berne zeitweise sogar in die Gefangenschaft der Gangster geraten war, war es den Jungen zusammen mit Erwin Kattowitz gelungen, die Bankräuber der Polizei ins Netz zu treiben. Für den Schmied war es freilich eine bittere Sache gewesen, denn bei einem der beiden Verfolgten hatte es sich um seinen eigenen Bruder gehandelt: Karl Kattowitz, genannt Kalle – einem bärenstarken Kerl, der jahrelang im Zirkus als stärkster Mann der Welt aufgetreten war, zuletzt als Catcher vor Publikum gekämpft hatte und der im Grunde genommen gutmütig und freundlich war.

Berne, dem dies alles durch den Kopf gegangen war, sagte jetzt zu seinen Freunden: »Der Kalle müßte eigentlich demnächst aus dem Gefängnis entlassen werden.«

»Stimmt«, sagte Felix, »vielleicht treffen wir ihn sogar in Jedelzheim.«

Eine verlockende Summe

Drei Wochen später saßen die Freunde in der Küche des Schmieds. Er hatte es sich in seinem gewaltigen Ohrensessel bequem gemacht, die mächtigen Pranken auf den Oberschenkeln, und sah den Jungen zu, die es sich schmecken ließen. Obwohl die Freunde, außer Jörg, seine technischen Spielereien kannten, waren sie doch von neuem erstaunt gewesen über die Treppe, die von der Schmiedewerkstatt zur Wohnung hinaufführte, wie eine ganz gewöhnliche Treppe aussah und zu rollen begann, wenn der Schmied am Geländer einen versteckten Hebel umlegte. Sie starrten auch immer wieder gebannt auf den Kühlschrank, wenn sich dessen Tür auf einen Knopfdruck an der Armlehne des Sessels automatisch öffnete und ein stählerner Arm mit zahlreichen Gelenken wie eine Geisterhand dem Schmied eine Bierflasche reichte.

»Ich bin nicht dazugekommen, neue Sachen zu konstruieren«, sagte ihr Gastgeber mit einem leichten Bedauern in der Stimme, »ich habe in diesem Jahr geschuftet wie ein Berserker.«

»Hatten Sie so viele Aufträge?« fragte Berne.

»Ich wollte das Geld zusammenhaben, wenn Kalle, mein Bruder, herauskommt, um ihm den Lastwagen für sein Fuhrunternehmen zu kaufen. Zuerst sah es allerdings nicht so aus, als ob ich es schaffen würde.«

Der Schmied lehnte sich zurück, leerte seine Bierflasche mit zwei mächtigen Schlucken und fuhr sich mit dem Handrücken über den Mund.

»Aber dann«, setzte er fort, »hatte ich eine Idee. Man sah ihm an, daß es ihn anstrengte, die ganze lange Geschichte in seiner stockenden Art zu erzählen. Er ließ sich vom Kühlschrank noch ein Bier geben. »Also, ich hatte eine Idee. Die Bauern hier fahren ja nun alle mit Traktoren. Pferde gibt es nicht mehr. Die Bauern sind aber auch sparsam. Deshalb haben viele noch ziemlich alte Traktoren, versteht ihr?«

Die Jungen nickten, obwohl sie sich noch gar nichts zusammenreimen konnten.

»Diese Traktoren«, erzählte Kattowitz weiter, »haben keine Dächer, es sind nur so offene Dinger, klar?«

Wieder nickten die Freunde.

»Und da hatte ich eben die Idee. Ich fing an, Aufbauten zu konstruieren. Ich füllte Eisenrohre mit Sand, bog sie über der Glut in die richtige Form, verschweißte sie und bohrte an den richtigen Stellen Schraubenlöcher. Über das Ganze kommt eine Zeltplane mit Plexiglasscheiben, klar?«

Die Jungen sagten wie aus einem Mund: »Alles klar!«

»Die Dinger verkaufen sich prima, und an jedem verdiene ich zweihundertdreißig Mark – ja, und jetzt« – der Schmied rieb sich die Hände –, »jetzt habe ich einundzwanzigtausend Mark auf der ho-

hen Kante, und nächste Woche kaufe ich für Kalle einen fast neuen Dreieinhalbtonner.«
Felix ging zu Kattowitz hinüber, holte mit dem rechten Arm mächtig aus und hieb dem Schmied mit seiner ganzen Kraft auf die Schulter. »Mensch, Klasse«, sagte er und rieb sich die schmerzende Hand.
Der Schmied lachte, daß die Scheiben klirrten. »Darauf haste wohl ein Jahr trainiert.« Und, rums, hieb er Felix auf die Schulter, daß der prompt in die Knie ging.
»Sie aber auch«, brummte der Junge und zog sich schnell auf seinen Stuhl an dem riesigen Küchentisch zurück, wo der Schmied alles aufgetürmt hatte, was Küche und Keller hergaben.
»Ihr schlaft wieder in derselben Stube wie letztes Jahr«, sagte der Schmied. »Ich muß noch arbeiten.« Damit stemmte er sich aus seinem bequemen Sessel hoch und ging zur Tür.
Die Freunde waren von der anstrengenden Radtour so müde, daß sie ungewaschen in die bereits aufgeschlagenen Betten fielen. Nur Felix, der von dem Schmied im Landrover abgeholt worden war, fühlte sich noch nicht müde. Außerdem juckte ihn das Bein unter dem Gips.
Als er das gleichmäßige Kling-Klang aus der Schmiedewerkstatt hörte, stieg er noch einmal leise aus seinem Bett, schlich sich zur Treppe, legte den geheimen Hebel um und ließ sich hinunterfahren.

Der Schmied stand nackt, nur mit einer großen Lederschürze bekleidet, vor dem Amboß. Der Schweiß lief ihm in zwei Bächen zwischen den Schulterblättern hinab. Das Kohlefeuer erhellte den Raum nur schwach. Der Mann holte gewaltig aus und ließ den mächtigen Hammer auf ein großes glühendes Stück Eisen niedersausen. Funken

stoben auf. Erwin Kattowitz war so vertieft in seine Arbeit, daß er den Jungen an der Tür gar nicht bemerkte. Jetzt schob er eine lange Eisenstange über das Kohlefeuer und beobachtete die Stelle, die langsam bläulich, dann blaurot, purpurrot und schließlich hell, fast gelblichrot wurde, genau. Plötzlich hob er die Stange aus dem Feuer, faßte sie mit seinen lederbehandschuhten Händen rechts und links etwa einen Meter von der glühenden Stelle entfernt an. Seine Muskeln spannten sich, traten mächtig hervor. Langsam, ganz langsam bog sich die Stange an der glühenden Stelle. Der Schmied ächzte, ließ nicht nach, hielt das Stück Eisen zwischen seinen gewaltigen Händen eingespannt, bis es einen rechten Winkel bildete. Dann ließ er es plötzlich fallen, atmete tief aus, schüttelte sich, als ob er sich die Anstrengung aus den Knochen und Muskeln schütteln könnte. Schließlich bückte er sich noch mal und hob die Stange auf, um sie auf einen Stapel anderer zu legen. Sie waren alle auf die gleiche Weise gebogen, ziemlich exakt in einem rechten Winkel.
»Toll«, entfuhr es Felix.
Der Schmied drehte sich um. Er lächelte. »Mit der Zeit entwickelt man ein ganz brauchbares Augenmaß, und bei diesen Dingern kommt es sowieso nicht so genau darauf an.« Er warf Kohle aufs Feuer. »Zieh mal den Blasebalg«, sagte er, »wenn du schon hier herumstehst.«
Felix griff nach dem Bügel, der von einem Ge-

stänge dicht unter der Decke herabhing, und zog kräftig daran. Der Blasebalg pustete Luft in die Glut, die sofort aufzuflammen begann. Der Schmied hob mit einer großen Zange ein Stück Eisen vom Boden und stieß es in den rotglühenden Kohleberg.

Fast drei Stunden arbeiteten sie, ohne zu reden.

Felix, der technisch sehr begabt war, hatte schnell begriffen, worauf es ankam. Er ging seinem großen Freund geschickt zur Hand, reichte ihm Werkzeuge, hielt Werkstücke in die Glut und drehte sie rechtzeitig, er trieb das Feuer mit dem Blasebalg an und reichte dem Schmied auch mal schnell eine geöffnete Bierflasche. Felix war sehr glücklich dabei.

Als sie schließlich tief in der Nacht müde und schweißgebadet die Treppe hinauffuhren, legte der Schmied seinen schweren Arm sanft um die Schultern des Jungen. »Gut gemacht«, sagte er, »du würdest ein guter Schmied.« Er gab Felix noch einen Klaps und verschwand in seinem Zimmer.

Am anderen Morgen saß der Schmied schon in seiner Küche, als die Jungen nach und nach dort auftauchten. Vor ihm auf dem großen Tisch lagen zwischen einem mächtigen Brotlaib, einem Teller mit Schinken und einer Platte mit etlichen Sorten Wurst mehrere Landkarten. Erwin Kattowitz, der ja einer der bekanntesten Höhlenforscher war und es besonders gut verstand, Lageskizzen zu zeichnen, war dabei, auf ein Blatt, das mit sehr kleinen

Karos bedeckt war, Linien und Zeichen einzutragen.
»Guten Morgen!« trompetete er gutgelaunt. »Das macht mir richtig Spaß, wieder einmal Leben in meiner Bude zu haben.« Er schob den Jungen die verschiedenen Platten zu: »Eßt, heute gibt es eine Menge zu tun.«
Während des ausgedehnten Frühstücks besprachen sie in allen Einzelheiten, wie sie ihre Suche beginnen wollten.
Felix, der im letzten Jahr mit dem Schmied durch das unterirdische Labyrinth der Wimsener Wasserhöhle getaucht war, sagte plötzlich: »Ich weiß gar nicht, was wir uns davon versprechen. Den Kerl, der mich angefahren hat, finden wir sowieso nicht.« Er hätte lieber gleich mit der Höhlenforschung begonnen.
Rainer ging wortlos hinaus und kam mit seinem Rucksack wieder. Er kramte darin herum und zog schließlich eine Zeitung heraus. »Habe ich mir doch gedacht«, sagte er, »daß du in der Klinik die Artikel nicht gründlich gelesen hast – das da ist zum Beispiel ein Grund!« Er hieb mit der Faust auf die Schlagzeile des Zeitungsberichts.
VERSICHERUNGEN SETZEN 20 000 MARK BELOHNUNG AUS.
Die Freunde lasen es zur gleichen Zeit, und jeder reagierte auf seine Art: Uli starrte auf die Buchstaben und legte seine Stirn in ernste Falten. Berne pfiff durch die Zähne. Jörg stöhnte: »Oh, Manno-

mann.« Und Felix begann sofort zu rechnen. Zwanzigtausend geteilt durch sechs – »Dreitausenddreihundertdreiunddreißig Mark und dreiunddreißig Komma drei, drei, drei ... periode drei Pfennig kriegt da jeder«, sagte er sachlich.
Der Schmied verzog sein großes Gesicht zu einem breiten Grinsen, aber im stillen schlug auch er runde dreitausend Mark auf den Betrag, den er bereits angespart hatte, um seinem Bruder einen neuen Start zu ermöglichen.
Uli sah ein wenig unwillig zu Felix hinüber. »Du denkst auch immer nur ans Geld.«
»Klar«, sagte Felix, »und Schmerzensgeld kriege ich auch noch.«
Der Schmied schaltete sich ein: »Ihr könnt das Fell nicht verteilen, bevor ihr den Bären gefangen und erlegt habt.«
»Stimmt genau«, pflichtete Rainer bei, der die ganze Zeit über die Szene belustigt beobachtet hatte. Wie immer fühlte er sich über solche Ausbrüche erhaben, was aber nichts anderes bedeutete, als daß er einfach seine eigenen Gefühle geschickt versteckt hielt.
Der Schmied sagte: »In meinem Schuppen liegen zwei Viermannzelte und ein sehr gutes Schlauchboot mit Außenbordmotor. Ich habe auch Taucheranzüge geliehen, die euch passen müßten. Heute vormittag muß ich noch ein paar geschäftliche Dinge erledigen. Ihr könnt inzwischen das Zeug sauber ins Auto packen. Gegen zwei Uhr

fahren wir dann los.« Damit stand er auf und ging hinaus.

Am Abend desselben Tages erreichten sie einen kleinen Ort am westlichen Ende des Bodensees, dort, wo sich das »Schwäbische Meer« in zwei große Buchten teilt, den Überlinger See und den Zeller See. Der Ort hatte seinen Namen von seiner Lage an der Spitze eines Landvorsprungs, der vom westlichen Ufer in den See hineinreichte. Der Landvorsprung wurde »das Horn« genannt, und »Horn« hieß auch das Dorf, in dem ein Jugendfreund des Schmieds wohnte, der ihnen eine Wiese direkt am Seeufer zur Verfügung stellte.

Die Zelte waren schnell aufgebaut. Felix und Rainer suchten Holz und schichteten es für ein Lagerfeuer auf. Als die Dämmerung langsam in die Nacht überging, flackerten die ersten Flammen auf. Die Luft war warm. Die Wellen plätscherten nur wenige Meter entfernt gegen das Ufer. Sie saßen mit untergeschlagenen Beinen rund um das Feuer. Der Schmied packte einen Rucksack aus und reichte jedem der Jungen »ein Büschel Würste«, wie er es nannte. Auf selbstgeschnittenen Weidenstöcken hielten sie die Würste ins Feuer.

Als das Feuer fast niedergebrannt war, erkannten sie über sich die Sternbilder am wolkenlosen Nachthimmel. Der Schmied erklärte sie ihnen in seiner behäbigen Art.

Erwin Kattowitz lag auf dem Rücken und atmete tief die laue Nachtluft ein. »Geht ins Bett«, sagte er schließlich, »ich bleibe noch eine Weile hier liegen.« Leise erhoben sich die Jungen. Sie fühlten, daß sie ihren großen Freund jetzt nicht mehr stören durften. Als sie schon fast bei ihren Zelten waren, hörten sie ihn sagen: »Man kann es fast nicht glauben, daß es so viel Böses gibt auf dieser schönen Welt.«
Aber sie hatten das Gefühl, daß die Worte gar nicht ihnen gegolten hatten, und verschwanden schweigend in den Zelten.

Ein falscher Blumenbote

Der Schmied lag in tiefem Schlaf noch an derselben Stelle, als Jörg am nächsten Morgen als erster aus dem Zelt kroch. Der Junge weckte seine Kameraden. Sie zogen ihre Badehosen an und schlichen leise zum Seeufer hinunter. Mit einem mächtigen Kopfsprung glitt Uli als erster ins Wasser und tauchte prustend wieder auf. Die anderen folgten ihm. Bald war die schönste Wasserschlacht im Gange. Sie waren richtig durchgefroren, als sie wieder ans Ufer stiegen und um die Wette zu ihrem Zeltplatz zurückrannten. Dort brannte schon ein kleines Feuer. Der Schmied hatte drei kräftige Äste zu einer Pyramide über den Flammen zusammengestellt und einen Kesssel mit Wasser daran festgemacht.

»Gleich gibt's Kaffee!« rief er gutgelaunt und klatschte in die Hände. »Zieht euch mal was Warmes an.« Er selbst trug auch nur eine Badehose.

»Jawohl, Papilein!« rief Berne frech hinüber.

»Was sagst du da?« schrie der Schmied in gespieltem Ernst. »Dir geb' ich gleich dein Papilein!« Und mit ein paar gewaltigen Sätzen kam er auf den Jungen zu. Berne rannte los. Wie ein Hase schlug er Haken nach links und rechts, umkurvte die Zelte und schoß schließlich wie ein Pfeil zum Seeufer hinunter. Der Schmied war immer dicht hinter ihm.

Berne erreichte das Wasser, rannte weiter, stolperte und fiel kopfüber in die Fluten. Im selben Moment strauchelte auch der Schmied und stürzte mit einem gewaltigen Platscher ins Wasser. Er griff sich den Jungen, stand auf, hob Berne mit gestreckten Armen in die Höhe, federte zwei-, dreimal und stieß ihn dann wie ein Kugelstoßer seine Kugel weit in den See hinaus. Als Berne im Wasser landete, klatschten die vier Zuschauer am Ufer eifrig Beifall.

Beim Frühstück sagte der Schmied: »Wir machen es wie besprochen. Rainer geht mit mir los, Felix mit Jörg und Uli mit Berne. Laßt euch Zeit, prüft alle Einzelheiten genau, und wenn ihr etwas Verdächtiges zu bemerken glaubt, notiert es und macht eine Lageskizze.«

»Alles klar!« sagten die Jungen im Chor.

»Uhrenvergleich!« Der Schmied sah auf seine imponierende Taucheruhr. »Neun Uhr siebenundvierzig.«

Die fünf anderen kontrollierten die Angabe und kletterten in den Landrover.

Uli und Berne, die beiden Brüder, sollten den Jachthafen von Assmannshausen beobachten. Der Schmied setzte sie am Dorfeingang ab. Alle grüßten mit ihrem Zeichen: sie hoben die rechte Hand und bildeten mit Daumen und Zeigefinger ein O. Dann sauste der grüne Landrover davon.

Die beiden Jungen trabten zum See hinunter. Der Hafen war leicht zu finden. Er war sehr belebt. Uli und Berne setzten sich auf die Kaimauer, um sich zunächst einmal zu orientieren. Eine breite betonierte Rampe, die links und rechts von einer Stützmauer begrenzt war, führte in den See hinab. Dort rollten die Segler auf zweirädrigen Karren ihre Boote hinunter, bis diese Wasser unter dem Kiel hatten und schwammen. Dann wurde der Karren unter dem Boot hervorgezogen und wieder hinauf zu einem der Schuppen gebracht.

Über eine Stunde lang hatten Uli und Berne dem geschäftigen Treiben zugesehen als Berne seinen älteren Bruder plötzlich anstieß: »Schau mal – dort drüben!«

Durch die schmale Gasse zwischen den Bootsschuppen glitt fast geräuschlos ein gelber Jaguar, in dem zwei Männer saßen. Beide trugen Kapitänsmützen und hatten blaue, doppelreihige Jakken an. Sie hielten vor einem großen, ziemlich massiven Schuppen. Der Mann auf dem Beifahrersitz stieg aus und ging zur Tür des Gebäudes, während der Fahrer in einem eleganten Schwung wendete und davonfuhr. Uli schrieb die Nummer in sein Notizbuch, erstarrte aber plötzlich in der Bewegung.

»Menschenskind, das ist ja vielleicht ein Ding!« entfuhr es ihm.

»Was ist denn?« wollte Berne wissen.

»Sieh doch mal«. Uli klopfte mit dem Knöchel seines Zeigefingers auf die Buchstaben und Zahlen, die er in sein Büchlein geschrieben hatte.

»N – CZ 68«

Berne pfiff durch die Zähne. »Du glaubst, das ist die gleiche Nummer wie an dem Mercedes, nur daß sie das W vorn weggemacht haben?«

»Das wäre immerhin möglich.«

Die beiden Jungen schlenderten zu dem Bootsschuppen hinüber, in dem der Mann mit der Kapitänsmütze verschwunden war.

Klappernd und ratternd hob sich ein eisernes Rolltor, das sich zum Wasser hin öffnete. Ein Motorboot tuckerte heraus. Gleich darauf schloß sich das Tor wieder. Der Mann am Steuer war derselbe, der aus dem Jaguar ausgestiegen war. Jetzt gab er Gas. Der Bug des Bootes stieg aus dem Wasser. In einer langgezogenen Kurve schoß das schlanke Fahrzeug auf den See hinaus.

Die beiden Jungen beobachteten das Boot, das, schnell kleiner werdend, auf das gegenüberliegende Ufer zufuhr. Plötzlich rannte Berne auf einen Mann zu, der an seinem Segelschiff herumarbeitete.
»Kann ich mal Ihr Fernglas haben?« fragte Berne hastig. Überrascht blickte der Mann auf.
»Nur einen Moment, es ist sehr wichtig.« Berne trat nervös von einem Fuß auf den anderen.
Der Mann zog zögernd den Riemen, an dem das Glas hing, über seinen Kopf. »Aber daß du's mir ja wiedergibst.«
»Ist doch klar«, sagte Berne und fegte zurück zu seinem Bruder, der auf den Zehen auf der Kaimauer stand und mit langgerecktem Hals dem schnellen Sportboot nachschaute.
»Da, nimm das Glas!« rief Berne.
Uli griff danach, setzte es vor die Augen und drehte an der Schärfeeinstellung, bis er das Boot genau erkennen konnte.
»Das ist ein unheimlich starkes Glas«, sagte er vor sich hin. Und dann zu Berne: »Jetzt wird er langsamer. Er fährt auf den Hafen drüben zu, aber er hält nicht, er fährt an den Booten entlang. Jetzt stoppt er. Ich glaube, er will zu der Segeljacht. Schreib mal auf: Dreimaster, Holz, heißt ›Annemarie‹ oder so ähnlich. Tatsächlich, er wirft ein Seil hinauf. Jetzt steigt er um.«
Berne hatte alles säuberlich in sein Buch notiert. »Und was jetzt?« fragte er eifrig.

»Jetzt bringst du erst mal das Fernglas zurück«, sagte Uli, »und dann probieren wir, wie wir über den See kommen.«

Wortlos nahm Berne das Glas, ging zu dem Mann hinüber und gab es ihm zurück. »Das war sehr nett von Ihnen, und es hat uns sehr geholfen«, sagte Berne höflich.

Der Mann lächelte. »Dann ist es ja gut«, sagte er, »und wenn du gerade da bist, könntest du mir schnell helfen. Da unten muß ein Splint rein, und das schaffe ich nicht, wenn der Mast dauernd kippelt.«

»Klar, mach' ich«, sagte Berne und umfaßte die hohe Stange. Der Mann setzte einen schmalen Holzkeil am Fußende des Mastes an und trieb ihn mit ein paar Hammerschlägen hinein.

Berne, der die ganze Zeit scharf nachgedacht hatte, sagte gedehnt: »Wollen Sie heute noch raus?«

»Ja, jetzt bin ich soweit.«

»Allein?«

»Na klar, das ist ein Einhandsegler.«

»Aber Platz hätten da auch noch mehr Leute?«

»Sicher, sechs oder sieben Mann kriege ich leicht unter.«

Berne sagte langsam: »Wir wären nur zwei.«

Der Mann lachte schallend los: »Ach, so ist das, ihr beide wollt mitsegeln?«

Berne kratzte sich am Kopf. »Wir haben da ein kleines Problem. Da drüben« – er zeigte mit dem

Finger auf das gegenüberliegende Ufer – »sind ein paar Freunde von uns, und wir wollten gern hinüber.«
»Klingt verdammt nach einer Ausrede«, sagte der Mann und warf seinen Hammer ins Heck des Schiffes.
»Na ja«, sagte Berne unbestimmt, »aber rüber sollten wir auf jeden Fall, wenn wir da drüben auch keine Freunde haben.«
Der Mann, der vielleicht Mitte zwanzig war und die Figur eines athletischen Sportlers hatte, sah Berne mit einem seltsamen Blick an.
»Bist du sicher, daß du richtig tickst?«
Uli kam langsam herüber.
»Ist das dein Bruder?« fragte ihn der Mann.
Berne nickte. »Klar«, sagte der Mann, »das kann man sehen.«
Uli sah stumm von seinem Bruder zu dem Fremden.
»Wollt ihr mir nicht sagen, worum es wirklich geht?«
Uli schüttelte heftig den Kopf, und Berne sagte: »Geheimsache.«
»Na, wenn das so ist«, sagte der Mann und lächelte, »dann helft mir mal den Kahn ins Wasser zu hieven.«
Uli und Berne faßten am Bug an, und der Mann packte das Heck.
»Das ist ja unheimlich leicht«, sagte Berne.
»Ja, der Rumpf ist aus Fiberglas, das wiegt fast

nichts und ist stabiler als jedes andere Bootsmaterial«, rief der Mann von hinten. Sie trugen das Boot, bis genügend Wasser unter dem Kiel war.
»Steigt ein!« rief ihnen der Mann zu, der jetzt den Bug festhielt und bis zu den Hüften im Wasser stand.
Uli und Berne schwangen sich hinein. Der Mann zog das Schiff, das vielleicht sechs oder sieben Meter lang war, an seinem Oberkörper vorbei und kletterte hinauf, als das Heck an ihm vorüberglitt.
Die beiden Jungen griffen nach zwei kurzen Stechpaddeln, die auf dem Boden lagen, und trieben das Boot mit kräftigen Schlägen auf den offenen See hinaus. Inzwischen zog der Mann ein großflächiges Segel am Mast hinauf und vertäute es.
»Wo wollt ihr denn nun genau hin?« fragte er.
Uli deutete wortlos auf den gegenüberliegenden Segelhafen.
»Das wird aber ein kurzes Vergnügen für euch, dort sind wir in zwanzig Minuten, bei diesem Wind.«
»Schade«, sagte Berne.
»Na ja, wenn ihr auch so wichtige, unaufschiebbare Geschäfte habt...« Der Mann sah neugierig zu ihnen hinüber, aber keiner der beiden Brüder ließ sich ein Wort entlocken.
Das Segelboot lag genau vor dem Wind. Kräftig blähte sich das Segel. Sie bekamen schnell Fahrt,

und bald schoß das Schiff pfeilschnell durch das Wasser. Der Mann stand schweigend am Ruder, das er mit der rechten Hand festhielt, während die Linke über eine Windenkonstruktion das Segel bediente.
Tatsächlich dauerte es nicht einmal zwanzig Minuten, bis sie den Segelhafen auf der anderen Seite des Sees erreichten.
»Wo wollt ihr raus?« fragte der Segler.
»Geht es dort drüben an dem Steg?« fragte Uli.
Der Mann nickte und zwang sein Boot in eine ausholende Linkskurve. Dann ließ er geschickt das Segel am Mast hinabgleiten.
Uli sprang auf den Steg, sobald sie ihn erreichten, und zog das Boot zu sich her. Berne folgte ihm.
»Alles Gute!« rief der Mann, der seinen Platz am Ruder nicht verlassen hatte, zu ihnen herüber. Er winkte noch einmal und zog das Segel wieder hoch zur Mastspitze.
Die beiden Jungen winkten ebenfalls.
»Guten Wind und gute Fahrt!« rief Berne auf gut Glück, denn er kannte keinen Seglergruß. Der Mann im Boot dankte mit lachendem Gesicht. Sein Schiff hatte bereits die Hafenausfahrt erreicht und glitt auf die offene Wasserfläche hinaus.
Berne blätterte in seinem Notizbuch. »Also«, sagte er, »die Segeljacht hieß ›Annemarie‹ oder so ähnlich.«
Ihre Blicke glitten prüfend über die schlanken Bootskörper.

»Da, schau mal«, sagte Uli, »die könnte es sein.«
Berne buchstabierte: »An-ne-mirl.«
»Kannst du ein Sportboot erkennen, das daran festgemacht ist?« wollte Uli wissen.
»Vielleicht liegt es auf der anderen Seite.«
»Na, dann wollen wir mal nachschauen.« Uli schlenderte den Bootssteg entlang zur Kaimauer, und Berne ging neben ihm her. Sie waren bemüht, gleichgültig zu wirken, gaben sich aber dabei so große Mühe, daß ihre Art, zu gehen, eher komisch wirkte. Aber niemand schien sie zu bemerken. Es war später Vormittag. Viele Segler waren draußen auf dem See, auf den Booten, die noch im Hafen lagen, sonnten sich Männer in Badehosen und Frauen in Bikinis. Auf einigen Schiffen wurde gekocht, auf anderen saß die Besatzung noch um den Frühstückstisch. Es war ein rundum friedliches Bild.
Berne und Uli erreichten das schlanke Boot mit dem Namen ›Annemirl‹. Es war gute zwölf Meter lang und drei Meter breit. Die Vorhänge hinter den Bullaugen waren zugezogen. Auf der Kommandobrücke saß in einem Liegestuhl ein großer, muskulös gebauter Mann, der nur mit einer Badehose bekleidet war. Er rauchte ein Zigarillo und las in einem Comic-Heft, das er immer wieder sinken ließ, um mit den Augen das Ufer abzusuchen.
Berne kickte einen Stein vor sich her. Für einen Augenblick blieben die Augen des Mannes auf der

Kommandobrücke an dem Jungen hängen, dann vertiefte er sich wieder in sein Comic-Heft. Berne war jetzt auf der anderen Seite des Schiffes. Dort dümpelte das schnelle Sportboot an der Außenwand der ›Annemirl‹. Eine Strickleiter hing von der Reling bis in das Boot hinab.
Berne schlenderte noch an ein paar weiteren Jachten vorbei, kehrte dann um und erreichte schließlich wieder seinen Bruder.
»Das Rennboot liegt auf der anderen Seite«, sagte er unnötig leise, denn im Umkreis war niemand zu sehen, der sie hätte hören können.
Uli biß sich auf den Knöchel seines rechten Daumens. »Man müßte wissen, was auf dem Schiff vor sich geht.«
»Aber da kommt man doch nicht ran, der Mann da im Liegestuhl ist bestimmt ein Leibwächter oder so etwas.«
Uli nickte zustimmend. »Anderseits wissen wir aber gar nicht, ob das nicht ganz normale Leute sind, auf dem Schiff.«
»Man müßte einfach was probieren«, sagte Berne. »Wieviel Geld haben wir bei uns?«
»Fünfzehn Mark, warum?«
»Gib sie mir mal.«
»Wozu denn?«
»Ich kaufe davon einen schönen Blumenstrauß.«
»Sag mal, hast du auch noch alle Tassen im Schrank?« fauchte Uli seinen Bruder unwillig an.

»Warte doch mal. Ich bring die Blumen als Bote auf das Schiff.«
Uli schaute ein paarmal nachdenklich von seinem Bruder zu der »Annemirl« hinüber. Schließlich sagte er »also gut« und nestelte seinen Brustbeutel ab.
Fünfzehn Minuten später ging Berne mit einem in Seidenpapier gewickelten Blumenstrauß auf die »Annemirl« zu.
Der Mann auf der Kommandobrücke ließ langsam sein Comic-Heft sinken und musterte den Jungen mißtrauisch. Uli stand, an einen Schuppen gelehnt, nur zwanzig Meter entfernt und beobachtete die Szene mit klopfendem Herzen.
»Guten Tag«, rief Berne, als er seinen Fuß auf den Steg zwischen Kaimauer und Bootswand setzte, »kann ich rüberkommen?«
Der Mann stemmte sich aus seinem Liegestuhl hoch und knurrte etwas, was sich wie »Störung« anhörte. Berne ging mutig über den Steg und sprang mit einem gewandten Satz auf die Planken des Schiffes.
»Was willst du?« fuhr ihn der Mann an. Er hatte ein breites Gesicht mit vielen Narben.
»Ich soll hier Blumen abgeben«, sagte Berne.
»Na, dann mal her damit.«
»Sind Sie der Besitzer des Bootes?«
»Möcht' wissen, was dich das angeht.« Der Mann griff nach dem Blumenstrauß, aber Berne wich geschickt aus.

»Es ist nur, weil meine Chefin gesagt hat, ich solle die Blumen unbedingt dem Besitzer, das heißt, sie hat gesagt ›dem Eigner‹, übergeben. Den Namen habe ich vergessen«, fügte Berne scheinheilig hinzu.
»Und woher willst du wissen, daß ich nicht der Besitzer bin?«
Berne sah sein Gegenüber mißtrauisch an. »Ich weiß nicht, ich habe mir den Besitzer eines solchen Superschiffes einfach anders vorgestellt.«
»So, anders«, der Mann machte ein böses Gesicht und kam einen Schritt auf Berne zu.
Der Junge wich bis an die Reling zurück und

sagte: »Nun, ich hätte zum Beispiel nicht gedacht, daß der Besitzer einer solchen Jacht Kleinkinderheftchen liest.«
Die Hand des grobschlächtigen Mannes schoß blitzschnell vor und traf Berne an der rechten Wange. Gleichzeitig spurtete Uli los. Aber er stoppte seinen Lauf ebenso schnell wieder, wie er ihn gestartet hatte, denn plötzlich tauchte aus der Kabine der Mann mit der Kapitänsmütze auf. Er hatte eine Pfeife zwischen die Zähne geklemmt. Obwohl er sie beim Sprechen nicht herausnahm, hörte Uli jedes Wort.
»Arthur, was soll denn das, seit wann werden bei uns Kinder verprügelt!«
Berne schaute sich den Mann genau an. Er sah gut aus. Sein Gesicht war braun gebrannt. Unter buschigen Augenbrauen lagen schmale, stahlgraue Augen, die jetzt kalt auf den Jungen hinabblickten.
»Was willst du hier?«
»Ich soll nur die Blumen abgeben, und man hat mir eingeschärft, daß ich sie dem Eigner persönlich übergeben soll.«
»Ja, ja«, sagte der Mann mit der Kapitänsmütze ungeduldig, »ich habe das alles schon von unten gehört.«
»Sind Sie der Besitzer?«
Der Mann nickte und streckte die Hand nach den Blumen aus.
»Bring dem Jungen ein Eis, und dann soll er ver-

schwinden«, sagte er in ungnädigem Ton zu Arthur. Der trollte sich und riß mißmutig die Flügeltür auf, die zum Niedergang führte. Der Mann mit der Kapitänsmütze fingerte in dem Blumenstrauß herum. »War da keine Karte oder so was drin?«

Berne spielte den Unwissenden. »Das weiß ich nicht.«

Plötzlich erfaßte ein Windstoß das Seidenpapier und trieb es über die Deckplanken. Berne erfaßte die Situation sofort. Mit einem mächtigen Sprung hechtete er dem Papier nach, und zwar so ungeschickt beziehungsweise so geschickt, daß er es knapp vor dem Niedergang erwischte. Eine gewandte Körperdrehung, und schon kugelte er die schmale Treppe in die Kabine hinunter.

Oben hörte er den Kapitän fluchen. Unten sah er mit einem schnellen Blick im Durchgang zur Küche Arthur mit einem Eisbecher stehen. Links und rechts von dem Tisch, der fast die ganze Kabine ausfüllte, saßen ein Mann und eine Frau. Auf der Tischplatte lagen Stempel und Paßbilder und eine große Zahl Papiere herum, die Berne als Kraftfahrzeugscheine und Fahrzeugpapiere erkannte. Das wäre ihm wahrscheinlich nicht möglich gewesen, wenn sie nicht schon seit Tagen fast ausschließlich darüber gesprochen hätten. Jetzt war er sofort im Bilde. Er rappelte sich auf, murmelte »Entschuldigung« und drehte sich wieder zur Treppe um. Oben stand breitbeinig der Mann

mit der Kapitänsmütze, er füllte die Ausstiegsluke fast völlig aus.
»Was fällt dir eingentlich ein?« brüllte er los.
Berne murmelte noch mal »Entschuldigung« und klopfte den Staub von seinen Kleidern.
Der Mann machte einen Schritt zur Seite und knurrte: »Los, raus hier!« Berne stieg die Stufen hinauf. Als er an dem Mann vorbeikam, hielt ihn der mit einem schmerzhaften Griff am Oberarm fest.
»Was gibt's denn da unten zu sehen?« fragte er mit einem drohenden Unterton in der Stimme.
Berne versuchte, ihm gerade in die Augen zu sehen und das Zittern in seiner Stimme zu unterdrücken.
»Ich weiß nicht«, sagte er, »da sitzen zwei Leute, und der Herr Arthur kam gerade mit meinem Eis durch eine andere Tür.«
Jetzt lachte der Mann, der noch immer den Blumenstrauß in der Hand hielt, auf: »Also, gib ihm endlich das Eis!« rief er in die Kajüte hinunter, aus der gleich darauf Arthur heraufgestapft kam, um Berne den Eisbecher in die Hand zu drücken.
»Danke«, sagte Berne schnell und war mit wenigen Schritten auf dem Steg.
Uli, der ein paarmal nahe dran gewesen war, seine Beobachterrolle aufzugeben und seinem Bruder zu folgen, empfing Berne mit sichtlicher Erleichterung. »Nun?«
»Also, ich müßte mich sehr täuschen, wenn die

Kajüte nicht so etwas wie eine Fälscherwerkstatt für Autopapiere ist.« Berne erzählte seinem Bruder genau, was er gesehen hatte, während er ihn ein Stück von dem Schauplatz wegzog.
»Na ja«, sagte Uli schließlich, »eine Spur ist das bestimmt.« Dann wollte er noch wissen: »Haben wir denn genügend Geld, um mit einer Fähre über den See zu kommen?«
Berne kramte in seinen Taschen, aber er hätte es auch aus dem Gedächtnis sagen können, daß er zwölf Mark für die Blumen ausgegeben hatte. Als er schließlich nach langem Suchen nur drei Mark ans Tageslicht förderte, sagte Uli überraschend gelassen: »Na ja, zum Telefonieren reicht es noch, wir können ja den Freund vom Schmied anrufen, bei dem wir zelten.«
»Gute Idee«, sagte Berne und machte im gleichen Augenblick einen Satz hinter ein Auto. Uli reagierte schnell und folgte seinem Bruder, der jetzt flüsterte: »Da kommt Arthur.«
Der grobschlächtige Mann ging nahe an ihnen vorbei. Er sprach mit sich selbst und schien wütend zu sein. Die Jungen verstanden ein paar Satzfetzen. »So eine Schnapsidee – zum Blumenladen.«
»Ach du Schande«, entfuhr es Berne, »der soll meine Geschichte nachprüfen.«
Sie folgten dem Mann, ständig Deckung suchend, bis ins Dorf, wo er prompt in den Blumenladen marschierte. Durch das Schaufenster konnten sie

sehen, wie er mit der Verkäuferin sprach, die heftig den Kopf schüttelte.
Als Arthur aus dem Laden kam, hatte er einen wütenden Gesichtsausdruck. Er ging jetzt schnell und mit schweren Schritten in Richtung Hafen. Wieder folgten ihm die Jungen unauffällig, diesmal allerdings in viel größerem Abstand, denn Arthur blickte sich ständig suchend um.
Die letzten hundert Meter nahm der Mann im Dauerlauf. Mit zwei Sätzen war er an Deck und in der Kabine verschwunden. Schon zwei Minuten später kam der Mann mit der Kapitänsmütze heraus, sah sich aufmerksam um und stieg dann über die Strickleiter in sein Rennboot.
»Der könnte uns mitnehmen«, feixte Berne.
Aber Uli gab keine Antwort. Seine Blicke hingen an der Segeljacht, auf der plötzlich ein eifriges Treiben herrschte. Arthur riß die Taue von den Uferpollern, der Mann und die Frau, die Berne vorher unter Deck gesehen hatte, zogen die Segel an den Masten hoch. Während Arthur auf Deck zurücksprang und den Steg nachzog, tuckerte bereits ein Motor los. Die »Annemirl« nahm Kurs auf den Hafenausgang.
»Die könnten uns vielleicht auch mitnehmen«, grinste Berne. »Lieber nicht«, sagte Uli bedeutungsvoll. »Auf jeden Fall scheinst du ihnen einen Mordsschrecken eingejagt zu haben.«
Keiner von den beiden bemerkte, daß sie beobachtet wurden.

Ein gefährlicher Anschlag

Uli und Berne hatten den Bauern angerufen, auf dessen Grundstück die beiden Zelte standen. Der hatte allerdings lange auf den Schmied und die anderen warten müssen, weil sie sich über eine Stunde am vereinbarten Treffpunkt aufgehalten und vergeblich nach den beiden Brüdern Ausschau gehalten hatten.

Erwin Kattowitz war sofort, als sein Freund ihm Bescheid gegeben hatte, in seinen Landrover gesprungen, um die beiden Brüder abzuholen.

Jetzt saßen alle um das flackernde Feuer. Berne, der in lebhaften Worten sein Abenteuer geschildert hatte, kaute zufrieden an einem mächtigen Schinkenbrot.

Rainer und Felix studierten eine genaue Karte des Bodensees. Uli unterhielt sich leise mit dem Schmied, der ihm einige Sternbilder erklärte. Jörg pumpte die Luftmatrazen auf.

»Wir reden morgen über neue Pläne«, sagte der Schmied. »Jetzt sind wir alle zu müde.« Er gähnte laut und lange. »Ich schlafe heute nacht noch mal draußen. Die Nächte sind jetzt warm genug.«

Niemand in der friedlichen Runde ahnte, daß Uli und Berne seit der Übergabe des Blumenstraußes überwacht worden waren.

Ali gehörte zu der Mannschaft um den Mann mit der Kapitänsmütze. Eigentlich hieß er Alfred Frenzel und hatte auf der »Annemirl« als »Mäd-

chen für alles« angeheuert. Er war zwar erst siebzehn, aber er hatte schon viel erlebt. Seine Mutter, die er sehr geliebt hatte, war gestorben, als er zehn war. Sein Vater hatte sich nie besonders um ihn gekümmert. Ihm schien plötzlich alles egal geworden zu sein. Er ging kaum noch zur Arbeit und kam abends oft betrunken nach Hause. Ali, wie Alfred von seinen Freunden genannt wurde, blieb sich allein überlassen. In die Schule ging er nicht gern, was kaum verwunderlich war, weil der Lehrer bei allem Schlimmen, das passierte, immer zuerst einmal Ali die Schuld gab.
Da sah der Junge eines Tages, als Jahrmarkt war, an einer Achterbahn ein Schild »Mitreisende gesucht«. Er erkundigte sich, ob er für den Job geeignet sei. Der Schausteller, dem die Achterbahn gehörte, fragte nicht viel, sondern bot ihm sechshundert Mark Monatslohn. Dafür mußte Ali mit drei anderen die Bahn auf- und abbauen, an der Kasse sitzen oder die Marken beim Einsteigen abnehmen. Doch er blieb nicht lange bei den Schaustellern; denn auch sein neuer Chef trank zuviel. Während allerdings Alis Vater friedlich singend nach Hause kam, wenn er einen Rausch hatte, wurde der Chef bösartig. Er ließ dann die Arbeiter in einer Reihe antreten und hielt große Reden, die niemand verstand. Wenn einer lachte, ging er mit einem Prügel auf ihn los.
Drei Monate blieb Ali bei der Achterbahn. Dann zog er ein Jahr mit einem Zirkus und wäre dort

auch geblieben, wenn das Unternehmen nicht pleite gegangen wäre. Ali war Bursche im Pferdestall, und es gefiel ihm dort sehr. Er verehrte eine der Kunstreiterinnen, und er liebte die Pferde. Deshalb konnte er mit den Tieren auch besonders gut umgehen.

Die Kunstreiterin nannte sich Doña Anamira, was zwar spanisch klingen sollte, aber niemanden darüber hinwegtäuschen konnte, daß sie ein Mädchen aus Bayern war, das bei der Taufe den Namen Anne Maria erhalten hatte. Aus Anne Maria war dann Annemirl geworden.

Annemirl hatte einen Freund namens Victor Arantes, einen reichen Mann, der neben vielen anderen schönen Dingen auch eine Jacht auf dem Bodensee besaß, die er nach seiner Freundin »Annemirl« getauft hatte.

Als der Zirkus nicht mehr weiterspielen konnte, kaufte Arantes alle Pferde auf und brachte sie in einer eigenen Stallung unter. Ali wurde sozusagen mit übernommen und blieb als Stallknecht dabei. Aber schon bald erkannte Arantes, daß der Junge aufgeweckt und anstellig war. Er nahm ihn immer häufiger mit auf Reisen, brachte ihm das Autofahren bei, obwohl Ali noch viel zu jung für den Führerschein war, und übertrug ihm manchmal knifflige Aufgaben. So kam es auch, daß Arantes den jungen Ali, der die ganze Zeit über im Maschinenraum gewesen war, zu sich rief, als Berne das Schiff verlassen hatte, und so kam es denn auch, daß Ali die beiden Brüder ständig überwachte, während sie ihrerseits glaubten, völlig unbeobachtet den anderen auf der Spur zu sein.

Natürlich bemerkten Uli und Berne nicht, daß ein Junge um die Telefonzelle herumlungerte, während sie die Nummer des Bauern wählten. Doch Ali war geschickt genug, die Ziffern, die sie auf der Wählscheibe drehten, zu erkennen und zu notieren.

Kaum hatten die beiden Jungen die Fernsprechzelle verlassen, rief Ali Arantes an.

»Melde dich in zwanzig Minuten noch mal«, sagte Arantes knapp und hängte wieder ein.

Ali legte sich ins Gras und wartete. Dabei hatte er Muße, darüber nachzudenken, wie gut es ihm eigentlich ging. Arantes zahlte gut, und daß Ali dafür gelegentlich Dinge tun mußte, die gesetzlich vielleicht nicht ganz einwandfrei waren, störte ihn wenig. Welches Gesetz war denn für ihn dagewesen, fragte er sich, als seine Mutter gestorben war und sein Vater den Kummer im Alkohol ertränkte? Um ihn, der damals noch ein Kind war, hatte sich kein Mensch gekümmert.

Eine halbe Stunde später rief er Arantes an.

»Hier Ali.«

»Hör zu, Junge, die Adresse zu der Telefonnummer ist Horst Butzlau, Horn am Bodensee, Seeweg 17, als Beruf ist ›Bauer‹ angegeben.«

»Hab' alles notiert.«

»Fahr doch mal hin und schau nach, was das für

Bürschchen sind und wer noch zu ihnen gehört.«

»Haben Sie eine Vermutung?«

»Tja – mir fällt da nur dieser blöde Unfall ein, weißt du, neulich in Fellbach.«

»Ja, richtig.«

»Also, streng dich an, mein Junge.«

»Klar, ich mach' das schon.«

»Es soll auch nicht dein Schaden sein.«

»Okay, danke«, sagte Ali, aber das hörte sein Gesprächspartner schon nicht mehr.

Arantes legte bei jedem Gespräch unvermittelt auf und sorgte dafür, daß er selbst den entscheidenden letzten Satz gesprochen hatte.

Ali nahm ein Taxi und ließ sich nach Horn bringen. Der Fahrer mußte ihm eine Quittung geben, denn Arantes bestand darauf, daß jeder seiner Mitarbeiter die Ausgaben exakt abrechnete.

In der Dorfkneipe trank Ali zwei Bier. Er begann ein Gespräch mit dem Wirt, fragte beiläufig nach diesem und jenem und schließlich auch nach dem Bauern Horst Butzlau. So erfuhr er, daß der Bauer zur Zeit ein paar Jungen auf seiner Baumwiese am See zelten ließ.

Das genügte Ali. Aber daß es ihm genügte, war möglicherweise ein entscheidender Fehler.

Als der Schmied aus Jedelzheim seinen jungen Freunden am Feuer sagte, daß er in dieser Nacht

noch einmal draußen schlafen wolle, befand sich Ali auf dem Weg zu der Baumwiese, auf der die beiden Zelte standen und das nächtliche Feuer brannte.
Ali erreichte die Wiese, als das Feuer nur noch Glut unter der Asche war. Er kauerte sich am Rand der Wiese nieder. Die klare Nacht ließ ihn die Umrisse der beiden Steilwandzelte gut erkennen.
Unschlüssig verharrte er für einige Momente. Dann setzte er mit einem geschmeidigen Satz über den schmalen Wassergraben, der das Grundstück begrenzte. Langsam schlich er auf die Zelte zu.
Erwin Kattowitz war noch einmal um das ganze Lager herumgegangen, um sich zu vergewissern, daß alles seine Ordnung hatte. Er wollte gerade aus dem Schatten der beiden Zelte heraustreten, als er die schmale, schemenhafte Gestalt sah, die sich dem Lagerplatz näherte.
Der Schmied kniete nieder und ließ sich mit einer Geschmeidigkeit, die niemand diesem schweren Mann zugetraut hätte, zu Boden gleiten. Da lag er, flach atmend, und beobachtete den näher kommenden Schatten.
Ali hatte nur noch wenige Meter. Eigentlich, dachte er, war diese Aktion sinnlos, Arantes hatte ihm keine genauen Anweisungen gegeben. Aber wenn diese Jungen hier zelteten und wenn es die gleichen waren, die in Fellbach – plötzlich glaubte Ali zu wissen, was er jetzt rasch zu tun hatte.

Geduckt näherte er sich den Zelten. Am Rand der Feuerstelle ertasteten seine Hände einen dürren Ast. Er schob ihn in die Glut und blies mit vollen Backen hinein. Der Ast begann zu brennen.

Erwin Kattowitz hatte Ali genau beobachtet, und dennoch reagierte er zu spät. Er sprang erst auf, als Ali den glühenden und an einigen Stellen schon aufflackernden Ast ein paarmal über seinen Kopf schwang, und er erreichte ihn erst in genau dem Moment, als Ali den nunmehr hell auflodernden Ast gegen das Dach des ersten Zeltes schleuderte.

Die schweren Hände des Schmieds umklammer-

ten den Arm Alis wie ein Schraubstock. Im gleichen Augenblick schlug Feuer aus dem Zelt, in dem Felix, Rainer und Jörg schliefen.
Die gewaltige Stimme des Schmieds gab Alarm. Er sprang mit riesigen Sätzen auf das brennende Zelt zu, aber er ließ Ali dabei nicht los.
Der erste, der in dem Zelt zu sich kam, war Jörg. Er sprang von der Luftmatratze hoch, sah sich gehetzt um, zwang sich aber sofort zur Ruhe. Er rüttelte Felix und Rainer wach, sprang dann auf zwei Gaskartuschen zu, die auf dem Boden lagen, und warf sie in weitem Bogen hinaus. Das Feuer hatte bereits zwei große Löcher in das Zeltdach gebrannt, als Felix und Rainer die Situation erfassen konnten. Schnell entschlossen packten sie die Dekken, mit denen sie gerade noch zugedeckt gewesen waren, und schlugen die züngelnden Flammen aus.
Im Licht des Feuers sahen sie den Schmied, der mit seinen gewaltigen Händen einen fremden Jungen festhielt und dessen Gesicht wild und gefährlich aussah.
Der Spuk war schon nach einer Minute vorüber. Berne und Uli, die erschöpft eingeschlafen waren, wurden durch das kurze Gefecht gegen die Flammen nicht einmal aufgeweckt.
Jörg kam mit einer brennenden Taschenlampe aus dem halbverkohlten Zelt und sagte nüchtern: »Das ist wohl nicht mehr zu gebrauchen.«
Der Schmied hatte seit seinem Alarmschrei keinen

Ton mehr von sich gegeben. Jetzt stieß er Ali, den er bis zu diesem Moment festgehalten hatte, angewidert von sich, so daß er zu Boden stürzte.
Felix, der noch immer schlaftrunken war, fragte: »War's der?«
Der Schmied sagte: »Ja, leider habe ich zu spät eingegriffen.«
Jörg, der sich zunächst einmal den Schaden angesehen hatte, kam näher und hob die Lampe. »Menschenskind«, sagte er fast atemlos.
»Was ist denn?« fragte Rainer.
»Der saß doch in dem Mercedes.«
»Ehrlich?« Rainer konnte es offensichtlich nicht glauben. Doch Jörg ließ sich nicht beirren.
Ali, der natürlich längst erkannt hatte, daß er dieses Spiel verloren hatte, sah aufmerksam und gespannt von einem seiner Gegner zum anderen. Es irritierte ihn, daß die beiden Jungen, die er zu beobachten gehabt hatte, nicht darunter waren.
Der Schmied, der noch immer wie gebannt an derselben Stelle stand, löste sich aus seiner Erstarrung – gerade rechtzeitig, denn Ali, der die allgemeine Verwirrung nutzen wollte, hatte die Beine langsam unter seinen Körper gezogen und schnellte jetzt mit einem gewaltigen Satz aus dem Lichtkreis von Jörgs Taschenlampe. Doch diesmal war Erwin Kattowitz schneller. Er startete gleichzeitig und hatte den schmächtigen Ali schon mit drei Sätzen eingeholt.
»Du bleibst bei uns«, keuchte er und zog Ali zu-

rück ins Licht. »Ich selbst werde auf dich achtgeben. Morgen unterhalten wir uns.«

Der Schmied sah Ali dabei so grimmig an, daß der nur noch ergeben nickte. Rainer, Felix und Jörg krochen zu den anderen in das Zelt, das vom Feuer nicht erfaßt worden war.

Eine heiße Spur

Die fünf Jungen waren ganz schön erstaunt, als sie am nächsten Morgen aus dem Zelt krochen und den Schmied mit Ali gemütlich plaudernd am Feuer sitzen sahen. Beide wirkten müde und übernächtig. Rainer fand als erster seine Worte. »Soll ich gleich zur Polizei laufen?«

Der Schmied sah ihn verständnislos an. »Zur Polizei?«

Nun war es an Rainer, überrascht und verständnislos dreinzuschauen. »Wollen Sie ihn etwa laufen lassen?«

»Jetzt setzt euch erst einmal hin«, sagte der Schmied ruhig, aber mit ungewohntem Ernst.

Die Jungen scharten sich um das erkaltete Feuer.

»Wir haben heute Nacht lange miteinander geredet«, sagte der Schmied langsam. Dann schwieg er, als ob dieser Satz alles erklären würde.

Eine lange Pause trat ein.

Schließlich sagte Felix: »Aber er gehört doch zu dieser Bande.«

Der Schmied nickte schwer. »Das schon, aber er ist erst siebzehn — viel zu jung fürs Gefängnis.«

Berne wurde sauer: »Das halte ich für Gefühlsduselei, schließlich war der Kerl dabei, als Felix beinahe totgefahren wurde.«

Der Schmied sah ihn eine Weile nachdenklich an. »Er saß aber nicht am Steuer.«

»Wer denn?« fragte Berne trotzig.
»Siehst du«, sagte der Schmied, »das werden wir mit seiner Hilfe herauskriegen und vielleicht sogar beweisen können.«
»Er braucht es uns ja nur zu sagen«, brummte Berne. Ali, der bisher geschwiegen hatte, schüttelte den Kopf. »Ich bin kein Verräter.«
»Aber ein blöder Brandstifter«, sagte Rainer giftig.
Ali war blitzschnell auf den Beinen und ging auf Rainer los. Rainer bekam einen harten rechten Haken ab.
Uli – Besitzer des blauen Gürtels als Judoka – stand langsam auf und vertrat dem Angreifer den Weg.
»Weg da«, keuchte Ali, aber Uli, der gut zwei Köpfe kleiner war, lächelte nur auf seine stille Art.
Ali ging in Kampfstellung. Er schoß eine rechte Gerade ab. Doch Uli erfaßte die Faust mit einem blitzschnellen Griff, beugte kurz das linke Knie, federte hoch und machte einen runden Buckel. Ali segelte über den kleineren Jungen hinweg und schlug krachend auf dem Wiesenboden auf.
»Schluß jetzt«, donnerte der Schmied. Dann sagte er etwas ruhiger zu Ali: »Mit dem läßt du dich besser nicht ein. Letztes Jahr hat er mit seinem Judo einen ausgewachsenen Gangster geschafft, und der hatte sogar eine Pistole.«
Rainer, der sich die Szene am Ausstieg der Wim-

sener Höhle noch einmal ins Gedächtnis rief, begann den Schmied zu begreifen.
»Ach, so ist das«, sagte er versonnen wie zu sich selbst.
Damals lag Kalle Kattowitz am Fuß der Höhle, verwundet und zerschunden in den Armen seines Bruders Erwin, während Uli seinen lebensbedrohenden Kampf mit Anton, dem giftigen Kumpan Kalles, ausfocht.
»Wie ist was?« fragte der Schmied düster.
»Ich denke, Sie wollen diesen Kerl davor bewahren, daß er eine ähnliche Laufbahn einschlägt wie Ihr Bruder.«
Der Schmied sah Rainer in die Augen. »Stimmt genau, ich hätte es bloß nicht so geschwollen gesagt.«
»Aber will er sich denn überhaupt helfen lassen?« fragte Rainer, unbeeindruckt von der Kritik des Schmieds.
Erwin Kattowitz zuckte mit den Schultern.
Ali, der noch immer auf dem Boden saß, lachte plötzlich los. »Wenn ich euch Bürgersöhnchen so palavern höre, könnte ich kotzen ohne was gesoffen zu haben.«
»Na hör mal«, begann Rainer, aber Ali fiel ihm ins Wort. »Was heißt da ›hör mal‹. Ihr redet über mich wie über ein Stück Vieh. Dabei habt ihr keine Ahnung, keinen blassen Schimmer!«
Rainer versucht einzulenken: »Okay, wir wissen ja, daß du wahrscheinlich eine beschissene Jugend hattest . . .«

»Aha, mal was gelesen darüber, wie?« zischte Ali giftig. »Spiel bloß nicht den Pfarrer oder den Schulmeister oder beides auf einmal.«
»Nun laßt mal« sagte der Schmied begütigend.
»Wenn ich so was bloß höre, kriminelle Laufbahn und so ...« maulte Ali. Dabei stand er auf und ging unschlüssig ein paar Schritte hin und her. Niemand bemerkte, daß er sich bei jedem Gang einen oder zwei Schritte weiter von der Gruppe entfernte.
So war Ali schließlich gut zehn Meter von den Jungen und dem Schmied entfernt, als er sich niederkniete und so tat, als ob er einen Schnürsenkel binden müßte. Er beugte den Kopf tief, so daß er durch das Dreieck, das sein linker Oberarm und sein Oberkörper bildeten, nach hinten sehen konnte. Er beobachtete die anderen scharf. Als für einen Augenblick niemand in seine Richtung schaute, sprintete er mit ein paar mächtigen Sätzen auf eine Baumgruppe am Ende der Wiese zu.
»Mensch, der haut ab!« brüllte Felix plötzlich. Aber da war Ali, der ein guter Läufer war, bereits fünfzig Meter entfernt. Uli, Berne und Rainer setzten ihm zwar sofort nach, aber sie mußten die Verfolgungsjagd bald abbrechen, weil Ali ihren Blicken entschwand, sobald er die ersten Häuser von Horn erreicht hatte. Er war wie vom Erdboden verschluckt.
Die Freunde traten mürrisch den Rückweg an.
»Ich verstehe nicht, daß der Schmied nicht mit

dem Auto hinterhergekommen ist«, sagte Rainer.
»Das war doch klar, daß der ihn laufenlassen wollte«, maulte Uli.
Im Lager waren der Schmied und Felix dabei, das teilweise verkohlte Zelt abzubauen.
»Die Zeltstangen sind noch in Ordnung«, hörten sie den Schmied sagen. »Wir zerschneiden das kaputte Zelt und bauen die Reste an das zweite Zelt an, das wird gehen.«
Während der nächsten drei Stunden arbeiteten sie, ohne viel zu reden. Der Schmied baute geschickt eine Stangenkonstruktion, über die er die noch intakten Zeltplanen zog.
»Ein bißchen eigenwillig sieht es schon aus«, meinte Rainer.
»Dann ist's eben moderne Zeltarchitektur«, kommentierte Felix und ließ sich erschöpft ins Gras sinken.
Jetzt erst fiel ihnen auf, daß sie noch gar nicht gefrühstückt hatten.
Der Schmied schmierte einen Berg Brote, über den sie sich heißhungrig hermachten. Felix, der wie immer den größten Appetit entwickelte, verdrückte sieben Stück davon, ehe er sich wieder zurücklegte. Er sah zu dem Schmied hinüber und fragte beiläufig: »Hat der Typ eigentlich was Interessantes erzählt heute nacht?«
Der Schmied nickte und stopfte sich gemächlich eine Pfeife. »Er hat erzählt wie sie's machen.«

Die Jungen rückten näher an Erwin Kattowitz heran.
»Und?« fragte Rainer.
»Es ist schon eine tolle Sache«, sagte der Schmied einsilbig. »Gut organisiert.« Er steckte behutsam die Pfeife in Brand und paffte dicke Rauchwolken in die klare Mittagsluft.
»Der Boß heißt Arantes. Ihm gehört die Jacht Annemirl. Ali ist so etwas wie sein Leibdiener, oder wie man da sagt.« Der Schmied hatte wieder einmal sichtlich Mühe, so lange Reden zu halten. »Also«, sagte er, »Arantes hat ein gutes Dutzend Autodiebe unter Vertrag. Die klauen sozusagen am laufenden Band teure Schlitten – vor allem in der Gegend von Stuttgart, München, Augsburg und Karlsruhe. Dabei gibt es tolle Tricks. Die Diebe gehn zum Beispiel in teure Restaurants und beobachten Leute, die ihren Autoschlüssel in der Manteltasche lassen. Das passiert anscheinend ziemlich oft. Der Dieb braucht dann nur den Schlüssel zu mausen und kann schon ganz normal mit dem Auto davonfahren. Andere machen nur schnell einen Wachsabdruck vom Schlüssel und klauen das Auto erst dann, wenn sie einen Nachschlüssel haben. Bei dieser Tour arbeiten die Leute von Arantes oft auch mit Tankwarten oder Garderobefrauen zusammen. Jeder dieser – sagen wir mal – Mitarbeiter beschafft zwei bis drei Autos pro Woche. Da könnt ihr euch ausrechnen, was da zusammenkommt.«

Der Schmied stand auf und holte sich eine Flasche Bier aus dem Zelt.

»Dreißig Autos pro Woche bei einem durchschnittlichen Wert von mindestens zwanzigtausend Mark – über eine halbe Million Umsatz in jeder einzelnen Woche.« Rainer, der diese Rechnung aufgestellt hatte, schüttelte überrascht den Kopf. »Das sind Größenordnungen . . .«

Der Schmied, der sich wieder im Kreis der Jungen auf dem Boden niedergelassen hatte, brummte: »Da hast du schon recht, wenn man bedenkt, wie hart unsereiner arbeiten muß.«

Berne sagte: »Aber dieser Arantes hat ja auch eine Menge Ausgaben.«

»Stimmt.« Der Schmied ergriff das Wort.

»Jeder Dieb kriegt für jedes gestohlene Auto fünfzehnhundert Mark bar auf die Hand, wenn er es am Sammelplatz abliefert.«

»Und wo ist der Sammelplatz?« fuhr Berne dazwischen.

Der Schmied kratzte sich am Kopf. »Das gehört zu den Sachen, die Ali mir nicht verraten wollte, aber vielleicht finden wir's heraus. Auf jeden Fall liegt dieser Sammelplatz am See, es muß eine große, leerstehende Montagehalle sein, die Zugang zum Land und zum See hat.« Der Schmied machte eine bedeutungsvolle Pause, sah sich im Kreis seiner Zuhörer um und sagte schließlich: »Na, fällt euch dazu nichts ein, ihr Flugzeugspezialisten?«

»Mensch, klar!« rief Felix plötzlich. »Zeppeline!«
»Du meinst«, sagte Rainer zögernd, »eine der unbenützten Montagehallen des Grafen Zeppelin . . .?«
»Und die Do 24, das riesige Wasserflugzeug, ist auch am Bodensee gebaut worden.«
»Irgend so etwas muß es sein«, sagte der Schmied, »zumindest kann man das aus dem schließen, was Ali erzählte. Er sagte nämlich, die Autos würden von Land her in die Halle gebracht und auf einer ausgedienten Fähre über die Seeseite abtransportiert – mal an einen geheimen Ort in Österreich, in der Schweiz oder auch in der Bundesrepublik. Alle drei Länder grenzen ja an den Bodensee.«
Rainer meldete sich zu Wort: »Das mit der Fähre kann stimmen. Ich habe gelesen, daß vor zwei Jahren sieben Fährschiffe ausgemustert und an Privatleute verkauft wurden. Die meisten haben so eine Art Hausboot daraus gemacht.«
»Nur dieser Herr Arantes«, sagte Berne, »der hat ein Schmuggelschiff daraus gebastelt.«
»Und was geschieht nun in der Montagehalle?« wollte Uli wissen.
»Na, dort bekommen die Autos eine neue Lackierung und neue Nummernschilder. Die Papiere werden woanders gefälscht.«
»Klar, auf der ›Annemirl‹«, sagte Berne, »das habe ich doch gesehen.«
»Richtig«, stimmte der Schmied zu, »und dort

muß auch das Hauptquartier des Schmugglerrings sein.«
»Dann brauchen wir nur die ›Annemirl‹ ausfindig zu machen ...« Felix unterbrach sich und fuhr dann fort: »So einfach wird das aber nicht sein.«
»Na, so groß ist der See auch wieder nicht«, wandte Uli ein.
»Schon, aber die können ja das Schiff sicher genauso umfrisieren wie die Autos.«
»Auf jeden Fall wissen wir, wo dieser Arantes sein Rennboot liegen hat«, faßte Uli zusammen. »Wir wissen außerdem, wie das Kommandoschiff etwa aussieht, auch wenn sie es umändern, wir wissen, daß wir eine ausgediente Montagehalle suchen müssen, und wir kennen den Boß des ganzen Unternehmens.«
Der Schmied nickte heftig: »Das ist eine ganze Menge, – eine heiße Spur sozusagen.«
»Wir sollten zur Polizei gehen«, sagte Felix.
»Morgen abend«, gab der Schmied zurück, »vielleicht haben wir dann die Halle schon gefunden.«
»Im letzten Jahr haben uns alle die Hölle heiß gemacht, weil wir die Polizei nicht früher eingeschaltet haben«, meinte Rainer.
Der Schmied wurde ungeduldig. Kurz angebunden sagte er: »Ich habe schon meine Gründe!«
Die Jungen sahen überrascht zu ihm hinüber. Schließlich faßte sich Rainer ein Herz und fragte vorsichtig: »Hat das etwas mit Ali zu tun?«
Ohne zu antworten, stand der Schmied auf und

ging zum See hinunter. Er nahm eine Handvoll Kieselsteine auf und warf sie kurz hintereinander weit auf den See hinaus, so daß sich auf der Wasseroberfläche zahllose Kreise bildeten, die sich zu einem großflächigen Muster aus vielen Bogen und Kurven vereinigten.

»Keine Antwort ist auch eine Antwort«, sagte Rainer.

Erwin Kattowitz stand noch lange am Seeufer, dann gab er sich plötzlich einen Ruck und drehte sich um. Sein Gesicht sah nun wieder gleichmütig aus. »Verschließt die Zelte«, sagte er, »wir fahren.«

Jörg, der schon den ganzen Tag über sehr still gewesen war, wandte sich an den Schmied. »Denken Sie bitte daran, daß ich heute abend zurück muß, morgen beginnt meine Lehre.«

Erwin Kattowitz, der sah, wie schwer dem Jungen der Abschied fiel, legte ihm die klobige Hand auf die Schulter und sagte: »Weißt du, für uns ist es ganz wichtig, einen Mann in Stuttgart zu haben, sozusagen als Verbindungsposten, verstehst du.«

Jörg nickte.

»Außerdem wird der Fall sicherlich vom Landeskriminalamt in Stuttgart bearbeitet, und da ist es für uns auch wichtig, jemanden an Ort und Stelle zu haben.« Wieder nickte Jörg.

Die Freunde hatten beschlossen, daß Jörg mit dem Zug nach Stuttgart zurückfahren sollte. Felix würde dann mit dem Fahrrad des Freundes zurückkehren.

»Also gut«, sagte der Schmied, »wir erkunden heute das Gelände bei Friedrichshafen, dort sind die alten Hangars des Grafen Zeppelin, und Jörg können wir dort auch in den Zug setzen.«

In Friedrichshafen parkte der Schmied seinen Landrover direkt vor dem Zeppelin-Museum. Ein freundlicher alter Mann an der Kasse gab ihnen bereitwillig Auskunft. Demnach wurden die einstigen Montagehallen, soweit es sie noch gab, von der Stadt verwaltet. Die Enttäuschung darüber, daß ihr erster Versuch erfolglos war, verflog schnell, als die Jungen durch das Museum streiften, in dem viele Modelle der einstigen Luftschiffe, echte Einzelteile und zahlreiche Fotografien und Zeichnungen über die Entwicklung der Zeppeline Auskunft gaben.

Als sie das Haus verlassen wollten, kam der Mann hinter der Kasse hervor und sagte: »Wenn ich Sie recht verstanden habe, suchen Sie einen leerstehenden Hangar oder so etwas Ähnliches.«

»Ganz recht«, gab der Schmied zurück.

»Wenn Sie elf Kilometer Richtung Lindau fahren und ungefähr da, wo links ein altes unbewohntes Bauernhaus steht, nach rechts in einen geschotterten Feldweg einbiegen, kommen Sie an eine halbverfallene Halle. Sie steht allerdings auf einem Privatgrundstück.«

Der Schmied dankte dem Mann an der Kasse und

warf ein Fünfmarkstück in eine als Rettungsboot gestaltete Spardose neben der Kasse.
»Vielen Dank«, sagte der alte Mann. »Sie glauben ja gar nicht, wie nötig die Lebensrettungshilfe an unserem See heute ist.«
Erwin Kattowitz nickte. »Ich weiß es, das können Sie mir glauben, ich bin aktiver Taucher – schon seit Jahren.«
»Ja, dann ...« sagte der Mann und reichte dem Schmied die Hand.
Es war drei Uhr nachmittags, als der Landrover langsam an der Abzweigung nahe eines alten, unbewohnten Bauernhauses vorbeirollte.
»Da müssen wir rein«, sagte Berne hastig.
Erwin Kattowitz schüttelte den Kopf. »Doch nicht am hellichten Tag, mit meinem auffälligen Auto und euren Gesichtern hinter den Scheiben. Wir suchen einen Weg vom See her.«
Im selben Augenblick kamen ihnen zwei Alfa Romeos entgegen.
»Notiert euch die Nummern«, sagte der Schmied und verlangsamte sein Tempo noch ein wenig.
Die beiden schnellen Autos schossen an dem Landrover vorbei, bremsten dann scharf, wurden von ihren Chauffeuren im Stil von Rallyefahrern herumgerissen und stachen in den Feldweg hinein. In einer dichten Staubwolke rasten sie auf eine Pappelallee zu und verschwanden dahinter.
»Zwei Münchner Kennzeichen, stimmt's,« fragte Erwin Kattowitz.

»Stimmt«, sagten Felix und Berne wie aus einem Mund.

Rainer, der wieder einmal nachdenklich in seiner Ecke saß, sagte unvermittelt: »Ob Ali wohl weiß, daß er uns gerade so viele Hinweise gegeben hat, um die Bande zu finden, ohne daß er sie direkt verraten mußte?«

»Ich glaube, du hast es erfaßt«, knurrte der Schmied und lenkte seinen Landrover auf einen schmalen Feldweg, der nach rechts abging. »Mal sehen, ob wir so zum See hinunterkommen.«

Der Weg endete an einem Zaun. Erwin Kattowitz stieß die Luft aus. Er war schon den ganzen Tag über gereizt gewesen, jetzt brummte er Rainer an: »Na, du Intelligenzbolzen, was fällt dir dazu ein?«

Rainer ließ sich nicht verwirren. »Ich habe gelesen, daß es praktisch keinen direkten Zugang zum See mehr gibt, weil reiche Leute das Ufer sozusagen aufgekauft und für sich reserviert haben.«

Sie kletterten aus dem Auto. Am Tor zu dem Grundstück hingen fünf Schilder:

BETRETEN VERBOTEN,
VORSICHT BISSIGER HUND,
ACHTUNG SELBSTSCHÜSSE,
KEIN ZUGANG ZUM SEE und
WIDERRECHTLICHES BETRETEN WIRD STRAFRECHTLICH VERFOLGT.

»Was für ein Schwachsinn«, donnerte der Schmied, »als ob die Natur nicht uns allen miteinander gehören würde.« Er suchte vergeblich nach

einer Klingel. Mit langen Schritten ging er den stacheldrahtbewehrten Zaun nach beiden Seiten ab. Aber links wie rechts schlossen sich Grundstücke an, die ebenso gesichert waren wie dieses.
Erwin Kattowitz kam mit zornrotem Gesicht zurück und trat mit seinem mächtigen Stiefel gegen das Tor, das bereitwillig aufsprang. Nichts regte sich.
Im Gänsemarsch gingen sie einen schmalen Plattenweg, der links und rechts von Rosenbäumchen begrenzt war, hinunter. Nach etwa hundert Metern erreichten sie ein schmuckes Blockhaus, dessen Läden fest verschlossen und durch vorgelegte schwere Eisen zusätzlich gesichert waren. Der Plattenweg führte hinter dem Blockhaus vorbei. Jetzt konnten die Eindringlinge durch die Zweige einer dünnen Tannenschonung hindurch die Wasserfläche blinken sehen.
»Zwei Mann holen das Schlauchboot und mein Fernglas, es liegt im Handschuhfach«, sagte der Schmied leise. Uli und Berne trabten los.
Als sie mit dem zusammengefalteten Boot und der Luftpumpe zurückkehrten, saßen die anderen bereits auf dem kleinen Bootssteg, der bis unter die Tannen ans Ufer gezogen war,
Das Boot war schnell aufgepumpt. »Zwei Mann bleiben als Wache zurück«, sagte der Schmied. Felix und Jörg erklärten sich bereit. »Ist euer Pfiff noch der gleiche wie im letzten Jahr?«
Uli nickte und führte ihn noch einmal vor: »Vier-

mal kurz den gleichen Ton, dann einen fünften langen, der bei Gefahr nach oben gezogen wird und in anderen Fällen auf der gleichen Höhe bleibt.«

Das Boot glitt ins Wasser. Der Schmied kletterte als erster hinein und ergriff ein Stechpaddel. Berne, Uli und Rainer machten es sich am Bug bequem.

Mit kräftigen Paddelschlägen trieb Erwin Kattowitz das Boot auf den offenen See hinaus, dann wendete er es nach rechts. Sie brauchten nicht weit zu fahren. Schon bald tauchte nahe am Ufer ein dunkles halbrundes Gebilde auf, das wie ein gewaltiger ruhender Walfisch aussah.

»Das muß es sein«, sagte Uli.
Der Schmied hob sein Fernglas an die Augen. »Wir müssen noch ein Stück weiter auf den See hinaus«, sagte er, »ich muß die Frontseiten erkennen können.«
Uli und Rainer griffen nach den beiden Paddeln. Langsam nahm das Schlauchboot wieder Fahrt auf. Nach einer ganzen Weile sagte der Schmied: »Stopp!« Die beiden Jungen zogen die Paddel aus dem Wasser. Wie zu sich selbst sagte der Schmied: »Das ist ein Alu-Rolltor, ziemlich neu. Möchte wissen, wie tief das unter die Wasseroberfläche reicht. Aber reinkommen kann man auf jeden Fall.«

Felix und Jörg waren langsam zu dem Gartentor zurückgegangen. Sie setzten sich in der Nähe des Landrovers unter eine Silberpappel und schauten eine Weile dem Spiel der raschelnden Blätter zu, die im Sonnenschein wie lauter kleine Schmuckplättchen glitzerten. Jörg sagte: »Das ist blöd, daß ich heute schon zurück muß.«
»Eigentlich beneide ich dich«, meinte Felix.
»Dafür, daß ich zurück muß?«
»Nein, nein, dafür, daß du jetzt nach der mittleren Reife in die Lehre kommst. Ich habe überhaupt keine Lust mehr, in die Schule zu gehen.«
»Dafür kannst du mal studieren.«
»Aber auch bloß dann, wenn die Noten reichen.

Womöglich habe ich nachher das Abitur und keinen Beruf.«
»Du mußt eben büffeln.«
»Das ist es ja, was mir so an die Nieren geht. Wenn du das ernst nimmst, hast du ja noch weniger Feierabend, als wenn du in einer Lehre bist.«
»Nun mach's mal halblang.«
»Ach, ist doch wahr!«
Weiter kamen die beiden nicht mit ihren philosophischen Betrachtungen. Sie hörten plötzlich ein Motorengeräusch. Durch die Bäume sahen sie eine Stoßstange blitzen.
»Ich versuche die anderen zu warnen«, sagte Felix schnell.
»Und ich?« wollte Jörg wissen.
»Laß dir eben was einfallen.«
Jörg zog schnell das Gartentor so zu, daß nicht auf Anhieb zu erkennen war, wie sich der Schmied Eintritt in das Grundstück verschafft hatte. Das Auto bog um eine Kurve. Die Räder mahlten langsam in dem sandigen Untergrund. Es war ein silbergraues Alfa-Romeo-Kabrio. Das Verdeck war offen. Am Steuer saß eine Frau, die ein rotes Kopftuch wie einen Turban um ihr Haar geschlungen hatte. Von fern hörte Jörg den Alarmpfiff von Felix.
Die Frau trug eine Sonnenbrille mit riesigen Gläsern, die das halbe Gesicht verdeckten.
Jetzt stoppte der Wagen. Langsam stieg die Frau aus. Sie trug nur ein Bikinioberteil und einen lan-

gen roten Rock, unter dem ihre nackten Füße hervorsahen.
Jörg lehnte am Landrover und zeichnete mit seiner großen Zehe Linien in den Sand. Es war ihm nicht anzusehen, daß sein Herz bis in den Hals hinauf schlug.
Wieder hörte man Felix' Warnpfiff.
»Hallo, du da!« rief die Frau.
Jörg hob langsam die Augen und starrte sie an.
»Was suchst du hier?«
Der Junge tat so, als ob er die Frage nicht verstanden hätte. »Mensch, ist das ein toller Schlitten«, sagte er und ging auf den Alfa zu.
»Ich habe dich etwas gefragt.«
Jörg sah auf dem Rücksitz Zeitschriften liegen, lauter Fachblätter über Pferde und Reiterei. Aber was ihn noch mehr interessierte, waren die kleinen mattschwarzen Buchstaben, die am hinteren Kotflügel aufgesetzt waren und den Namen »Annemirl« ergaben.
»Bist du taub?« fuhr die Frau Jörg an.
»Nein«, sagte er, denn diese Frage war leichter zu beantworten als die vorhergegangene.
»Also!«
»Bitte?«
»Was du hier tust?«
»Nichts.«
»Das ist keine Antwort. Du befindest dich immerhin auf unserem Grundstück.«
»So?«

»Ja!«
»Ich dachte, das beginnt erst am Zaun.«
»Der Weg hier ist ein Privatweg.«
»Mein Vater sagt immer, daß die Natur allen gehört.« In Jörgs Kopf rumorte es, er konnte nur immer den einen Satz denken: Du mußt sie hinhalten, die Tante.
»Was dein Vater sagt, interessiert mich nicht.«
Jörg fiel dazu nichts ein. Er schwieg.
»Wem gehört das Auto?«
»Gehört es denn nicht Ihnen?«
»Nein, natürlich nicht.«
»Warum ist das natürlich? Sie sagten doch, das hier sei Ihr Grundstück.«
Die Frau wurde langsam rot im Gesicht. »Bist du immer so vorlaut?«
»Bin ich vorlaut?«
»Das ist wohl deine Masche, jede Frage mit einer Gegenfrage zu beantworten.«
Jörg zuckte mit den Achseln.
»Oder gar nichts zu sagen«, fuhr sie wütend fort.
Jörg dachte: Wenn ich sie weiter reize, bemerkt sie in ihrem Zorn womöglich gar nicht, daß das Schloß am Tor kaputt ist.
»Wohnen Sie immer hier?« fragte er dreist.
»Nicht du stellst hier die Fragen.«
»Ich dachte nur, wenn Sie nicht immer hier sind, könnte man hier doch einen Kinderspielplatz oder ein Pfadfinderlager anlegen . . .«
Der Frau verschlug es die Sprache.

»... oder ein schönes Altersheim bauen«, fügte Jörg noch hinzu.
»Jetzt reicht es aber.« Die Frau schrie schon beinahe vor Zorn.
»Ich meine ja bloß«, sagte Jörg scheinheilig.
Die Frau nahm eine Tasche aus Strohgeflecht vom Hintersitz und sah noch einmal zu Jörg hinüber. »Verschwinde endlich«, stieß sie hervor und machte eine Bewegung, als ob sie Fliegen verscheuchen wollte, »ich habe nicht mehr die Zeit ...«
»Verschwinde endlich«, äffte Jörg sie nach, »und warum schmeißen Sie den mit dem Landrover nicht raus?«
Hinter sich hörte Jörg ein leises Prusten, so als ob jemand krampfhaft ein Lachen unterdrücken müßte. Der Junge hustete schnell, um das verräterische Geräusch aus den Büschen zu übertönen.
Die Frau kam drohend auf Jörg zu. Der ging in einem großen Bogen um sie herum, denn er vermutete, daß sich seine Freunde in der Richtung verborgen hielten, in der die Frau jetzt auf ihn zukam.
Jetzt drehte sie sich auf den Fersen und wendete sich ihm wieder zu.
»Sie sollten sich mit mir nicht anlegen«, sagte Jörg und grinste, »ich kenne ein paar Tricks.«
Die Frau lachte gequält. »Keine Sorge«, sie stellte die Tasche ab, »ich habe lange genug in der Manege ...« Sie brach plötzlich ab, machte kehrt und griff in ihre Tasche.

Jörg sagte in versöhnlichem Ton. »Ich hau ja schon ab«, und trabte zum Schein tatsächlich den Zufahrtsweg hinauf.
Die Frau schoß ihm noch einen wütenden Blick nach, dann stieß sie unbeherrscht das Tor auf und ging eilig den Plattenweg hinunter.

»Das war Spitze«, sagte Uli zu Felix, der neben ihm lag.
»Kann man wohl sagen«, gab der zurück.
Der Schmied erhob sich aus seiner liegenden Stellung. »Verflucht noch mal, ich hab' die ganze Zeit auf einem spitzen Stein gelegen, und als ich dann auch noch lachen mußte, weil der ihr gesagt hat, sie soll den mit dem Landrover rausschmeißen . . .« Er ließ den Satz in der Luft hängen und begann laut loszulachen.
Die Frau war längst im Blockhaus verschwunden, als die vier Jungen und der Schmied in den Landrover stiegen. Eine Minute später pickten sie ihren Freund Jörg auf und beglückwünschten ihn lärmend zu seiner großartigen schauspielerischen Leistung.
»Wir bringen dich zum Bahnhof. Dort essen wir noch zusammen und besprechen, wie es weitergehen soll«, sagte der Schmied gutgelaunt und gab Gas. Sie hatten noch zwei Stunden Zeit bis zur Abfahrt des Zuges.
In der Bahnhofswirtschaft bestellten sie Würstchen

und eine Riesenplatte Pommes frites. Der Schmied trank aus einem großen Bierglas, und als er es abstellte, klang es, als ob er seinen schweren Hammer hätte niedersausen lassen.

»Also«, sagte er mit seiner Donnerstimme, »wer faßt denn mal zusammen?«

Alle sahen Rainer an.

»Na denn, Professor!« rief der Schmied.

Rainer setzte sich ein wenig in Positur. »Die halbrunde Halle ist möglicherweise, sogar sehr wahrscheinlich, die von uns gesuchte Werkstatt, in der die Autos umfrisiert werden. Das Blockhaus wird von der Dame namens Annemirl bewohnt. Zwischen ihrem Grundstück und der Montagehalle liegt noch ein weiteres, fest umzäuntes Gelände, das vielleicht auch der Bande gehört. Wir sind in das Blockhausgelände eingebrochen. Die Dame Annemirl . . .«

»Sag doch mal Tante Annemirl«, fuhr Felix mit vollen Backen dazwischen. Alle prusteten los.

Rainer war beleidigt und sagte: »Also, wenn das so ist, kannst du ja weitermachen, Felix.«

»Tschuldigung«, brachte Felix heraus, obwohl er auch jetzt noch das Lachen nur mit Mühe unterdrücken konnte.

»Sei nicht so empfindlich«, brummte der Schmied grinsend, »mach weiter.«

Rainer sah noch mal von einem zum anderen und fuhr dann fort: »Die Frau hat vielleicht nicht gleich Verdacht geschöpft, aber das wird bestimmt kommen. Ali kennt den Landrover und kann auch Jörg nach ihrer Beschreibung wiedererkennen. Das kaputte Gartentor gibt ihnen ein weiteres Verdachtsmoment.«

»Und das bedeutet?« fragte der Schmied.

»Das bedeutet, daß wir schnell handeln müssen. Am besten benachrichtigen wir sofort die Landespolizei.«

Der Schmied bestellte noch ein Bier, ohne zunächst auf den Vorschlag Rainers einzugehen. Erst als er einen langen Schluck genommen hatte, sagte er in einem Ton, der keinen Widerspruch zuließ: »Morgen früh gehe ich zur Polizei.«

Rainer schüttelte unmerklich den Kopf. Die anderen Jungen schienen sich weiter keine Gedanken zu machen.

Jörg sagte leise: »Mein Zug fährt gleich ab, schade, daß ich nun raus bin aus der Geschichte.«

»Wer sagt denn das?« versuchte ihn Felix zu trösten, »und außerdem hast du das mit der Tante draußen am Blockhaus ganz prima gemacht.«

Erwin Kattowitz hieb Jörg auf die Schulter, daß der Junge beinahe von der Bank gerutscht wäre, und donnerte: »Wer weiß, wie nötig wir dich noch brauchen!«

Wie recht er mit dieser Vermutung hatte, konnte zu diesem Zeitpunkt noch niemand ahnen.

Ein dreistes Gaunerstück

Es wurde schon dunkel, als der D-Zug Friedrichshafen–Ulm–Stuttgart langsam anruckte. Die vier Freunde und der Schmied standen auf dem Bahnsteig und winkten Jörg zu, der ein wenig traurig zu ihnen hinausschaute.

»Vielleicht komme ich am nächsten Wochenende noch mal«, rief er. Dann zog er resolut das Fenster hinauf. Draußen huschten einige Eisenträger vorbei, Jörgs Gesicht tauchte im Fenster auf, das sich vor dem nächtlich dunklen Hintergrund in einen Spiegel verwandelte. Eine große Bogenlampe, die helles Licht verstrahlte, löschte jedoch das Spiegelbild gleich wieder aus.

Jörg ließ sich in die Polster sinken und griff nach einem Buch in seiner Reisetasche. Er las, ohne den Sinn des Gelesenen aufzunehmen, weil seine Gedanken noch immer bei den Ereignissen des Tages waren. Er ließ das Buch sinken und starrte vor sich hin.

Nach einiger Zeit erhob sich Jörg, verließ das Abteil und schlenderte ziellos durch die Gänge des Zugs. Er erreichte den 1.-Klasse-Wagen. Die Abteile waren hier nur zu einem kleinen Teil besetzt.

Plötzlich verhielt Jörg seinen Schritt. Er traute seinen Augen nicht. Aber da war kein Zweifel: die Frau, die dort allein im Abteil saß und in der Ecke vor sich hin döste, hatte er heute schon einmal gesehen – erst vor wenigen Stunden.

Jetzt trug sie ein blaues Kostüm mit einem blau-weiß getupften Kragen, hochhackige blaue Schuhe, und auf ihrem blonden Haar, das sie nun offen trug, saß ein niedlicher blau-weiß gehäkelter Hut. Auf dem Sitz neben ihr lag ein eleganter Aktenkoffer, auf dem lässig ihre linke Hand ruhte.
Jörg ging nachdenklich in sein Abteil zurück. Er wollte versuchen, Annemirl nicht aus den Augen zu lassen. Unruhig verließ er immer wieder seinen Platz, um sich in den 1.-Klasse-Wagen vorzupirschen, aber auch nach dem kurzen Aufenthalt in Ulm saß die Frau noch auf ihrem Platz.
Als schließlich die ersten Lichter Stuttgarts auftauchten, hängte sich Jörg seine Reisetasche um und arbeitete sich in Richtung 1.-Klasse-Wagen vor. Das war gar nicht so einfach, weil sich viele Leute zum Aussteigen bereit machten und manche ungehalten auf den drängelnden Jungen reagierten.
Jörg kümmerte sich nicht um die Proteste. Als die Bremsen des Zugs quietschten, sah er das blau-weiße Hütchen nur wenige Meter vor sich. Als er aus dem Zug sprang, stolzierte Annemirl ein paar Schritte entfernt auf den Ausgang zu. Sie hatte nur das elegante Aktenköfferchen bei sich.
Der Junge versuchte, ihr möglichst dicht auf den Fersen zu bleiben, ohne entdeckt zu werden. Das fiel ihm nicht schwer, solange der Weg durch das dichte Menschengewirr auf dem Bahnsteig führte. Doch dann ging die Frau durch den Nordaus-

gang, den nur wenige Leute benutzten, und stand für ein paar Augenblicke ganz allein auf dem kleinen Vorplatz.

Jörg suchte Deckung hinter einem alten Mann, der Zeitungen verkaufte und seine Ausrufe plötzlich unterbrach, um den Jungen zu mustern. Jörg hatte sich neben dem schmalen Verkaufstisch hingekauert und schielte vorsichtig um die vordere Kante.

»Entschuldigung«, stammelte er, »aber ich muß jemanden beobachten.«

»So ein Unsinn«, brabbelte der Mann, dann erhob er wieder die Stimme und rief: »*Der Abend* – lesen Sie heute ...«

Die Frau winkte einem Taxi. Jörg verließ seine Deckung und schlich näher. Der Taxifahrer stieß die rechte Tür auf. »Rembrandtstraße 77!« rief die Frau ihm so laut zu, daß es Jörg ohne weiteres verstehen konnte. Er drehte sich blitzartig um und lief auf das Bahnhofsportal zu. Die Frau erhaschte noch einen Blick auf seinen Rücken. Für Sekunden zog sie die Stirn in Falten, dann aber schüttelte sie unwillig den Kopf und schloß die Autotür hinter sich.

Jetzt erst hörte Jörg, was der Zeitungsverkäufer ausrief: *»Lesen Sie heute – Autoknackerbanden werden immer dreister – Transporter mit sechzehn Luxuswagen gestohlen.«*

Er kramte in seinen Taschen, fand ein Markstück und kaufte eine Zeitung.

Wo die Rembrandtstraße lag, wußte er. Mit der Straßenbahn brauchte er dorthin eine halbe Stunde. Zeit genug, den Artikel im *Abend* zu lesen:

»Ein Gaunerstück, das seinesgleichen sucht, gelang gestern einer Autoknackerbande, derselben offensichtlich, die schon seit Monaten den Raum Stuttgart unsicher macht. Der Fahrer eines Sattelschleppers hatte sein Transportfahrzeug hinter der Autobahnraststätte Stuttgart abgestellt, um nach sechsstündiger Fahrt eine Pause zu machen. Während er im Gastraum sein Abendessen verzehrte, knackten die Gang-

ster die Tür zum Führerhaus, schlossen die Zündung kurz und fuhren davon. Polizeiexperten halten es für möglich, daß sich die Diebe zuvor durch einen Trick in den Besitz des Wagen- und Zündschlüssels gebracht haben. Als der Fahrer des Transporters nach 30 Minuten zu seinem Fahrzeug zurückkam, fand er an der Stelle, wo er seinen Sattelschlepper mit 16 nagelneuen Alfa Romeos abgestellt hatte, einen Tiertransporter, der mit Schweinen beladen war.
Als schließlich die Polizei die Untersuchung aufnahm, waren seit der dreisten Tat der Autoknacker vermutlich 40 Minuten vergangen.
Obwohl die Fahnder sofort einen Hubschrauber einsetzten, blieb der Autotransporter wie vom Erdboden verschluckt. Jetzt konzentriert die Polizei ihre Ermittlungsarbeit auf einen Umkreis von 25 Kilometer. Irgendwo in diesem Bereich muß das große Transportfahrzeug untergestellt worden sein. Ein Sprecher der Polizei gab sich gestern zuversichtlich: »Wir werden den Transporter schnell finden – schließlich ist er ja keine Nadel im Heuhaufen.«

Jörg faltete die Zeitung zusammen und schob sie in seine Reisetasche. Kurz darauf stieg er aus. Die Rembrandtstraße führte in zwei langgezogenen Kurven den Berg hinauf. Haus Nummer 77 stand weit zurückgesetzt in einem großen Garten. Jörg las das Namensschild »Herbert Büchi«. Er notierte sich den Namen und sah das Gartentor ziemlich ratlos an. Vorsichtig drückte er dagegen, aber es bewegte sich nicht. Der Junge schob seine Umhängetasche unter die Buchsbaumhecke, die den Garten umgab, und schwang sich kurz entschlossen über das Tor. Dann lief er geduckt bis zur Hauswand.

Mit dem Rücken eng an die Mauer gepreßt, stand er für ein paar Augenblicke still, bis sein Atem wieder gleichmäßig ging. Dann folgte er einem schmalen, kiesbestreuten Weg, der um das Haus herumführte. Als er die hintere rechte Hausecke erreichte, prallte er zurück. Das Haus hatte dort fast in seiner ganzen Breite eine Terrasse, auf der Jörg im fahlen Schimmer eines Windlichts zwei Menschen erkannt hatte. Erst als er sich klarmachte, daß es Nacht war und die Leute dort im Licht ihn in der Dunkelheit wohl kaum sehen konnten, beruhigte er sich. Er ließ sich auf die Knie nieder und schob sich langsam vorwärts. Jetzt vernahm er auch Stimmen, die eines Mannes und die einer Frau, aber er konnte nicht hören, was sie sprachen.

Also mußte er näher heran. Unendlich langsam tastete er sich an dem Betonsockel der Terrasse vorwärts, bis er direkt unter den Sprechenden war. Er zwang sich, gleichmäßig durch den Mund zu atmen. Gläser klangen leise gegeneinander, dann hörte Jörg die Stimme des Mannes: »Na denn prost, liebe Annemirl, auf ein gutes Gelingen.«

»Ja, das wünschen wir uns alle«, sagte die Frau.
»Wie viele sind es denn?« fragte der Mann.
»Fünfundzwanzig, davon sind fünf auf Mercedes 280 S ausgestellt und die restlichen zwanzig auf Alfa Romeo Giulia Sprint. Die Wagennummern müssen noch eingetragen werden, wie immer.«
Der Mann war offensichtlich aufgestanden. Jörg hörte Schritte, die sich entfernten, und er konnte nicht mehr hören, was Annemirls Gesprächspartner sagte. Ihre Antwort verstand er wieder.
»Victor sagt, der Fahrer des Transportlastzuges muß zehn Prozent bekommen.«
Jetzt kamen die Schritte wieder näher. Sie machten direkt über Jörgs Kopf halt.
»Was?« rief der Mann aufgebracht. »Zehn Prozent dafür, daß er uns den Nachschlüssel verschafft hat und für eine halbe Stunde essen gegangen ist?«
»Und dafür, daß er die Klappe hält«, sagte Annemirl heftig. »Victor Arantes weiß schon, was er tut, glaub mir, und wenn er zehn Prozent sagt, wird daran nicht gerüttelt.«
Der Mann gab einen Knurrlaut von sich wie ein Hund und spuckte über die Brüstung in den Garten. Beinahe hätte er Jörg dabei getroffen.
»Ferkel«, sagte Jörg lautlos.
»Na denn«, der Mann auf der Terrasse schien besänftigt zu sein, »und was machen wir mit den fabriksneuen Kutschen?«
»Die bleiben erst mal drei Wochen im Schuppen.

Dann werden sie im geschlossenen Bus einzeln nach Friedrichshafen gebracht.«

»Okay.«

»Victor möchte noch genau wissen, wie ihr mit dem Transportlastzug verfahren wollt.«

Der Mann lachte und goß offensichtlich noch einmal Getränke nach. Jörg schluckte trocken. Es war ein warmer Sommerabend, und der Junge hatte mächtigen Durst, zumal ihm die Aufregung den Schweiß aus allen Poren trieb.

»Kein Problem«, der Mann lachte immer noch leise. »Wir montieren ihn Stück für Stück auseinander. Das Fahrerhaus spritzen wir um, und hinten kriegt er 'ne normale Pritsche. Den Rest schmeißen wir auf den Schrott.«

Jetzt lachte auch Annemirl. Dann brach sie plötzlich ab und fragte: »Gab es noch irgendwelche Schwierigkeiten wegen des Unfalls?«

Jörg hob unwillkürlich den Kopf.

»Ich habe mich erkundigt, der Junge ist schon wieder auf den Beinen und macht Ferien.«

»Wie hast du dich denn erkundigt?«

»Ich hab' seinen Vater angerufen.«

»Was hast du?«

»Angerufen, telefoniert, fernmündlich Rücksprache genommen.«

»Du hast einfach angerufen und gesagt . . .«

»Ich hab' gesagt: ›Guten Tag, ich bin der Mann, der Ihren Sohn angefahren hat. Sie werden verstehen, daß ich Ihnen meinen Namen nicht nennen

kann, aber ich möchte doch wissen, wie's dem Bengel geht.‹«
»Und woher hattest du den Namen?«
»Ich hab' mich draußen in Fellbach ein bißchen umgehört.«
»Jetzt sag bloß, du weißt auch noch, wo der Kerl Ferien macht?«

»Ne, also weißt du ...«
»Ich frage aus einem ganz bestimmten Grund ...«
Annemirl begann die Geschichte von Bernes Blumenstrauß zu erzählen. Jörg, dem der Boden längst schon zu heiß geworden war, leitete seinen Rückzug ein. Vorsichtig schob er sich wieder auf die Hausecke zu. Von dort aus konnte er die Terrasse einsehen. Annemirl saß in einer leise schwingenden Hollywoodschaukel und wippte lässig mit dem linken Bein, das sie über das andere geschlagen hatte. Der Mann stand an die Brüstung gelehnt und sah auf sie hinab. Er hatte ein Glas in der Hand.
Herbert Büchi also, dachte Jörg.
Es gelang ihm, unbemerkt wieder auf die Straße zu kommen. Er warf einen Blick auf seine Uhr. Es war schon fast Mitternacht. Seine Eltern hatten ihn erwartet und machten sich bestimmt Sorgen. Jörg war ratlos. Sollte er einfach zur Polizei gehen? Die würden ihn womöglich für verrückt erklären. Sollte er seine Eltern einweihen? Die würden im nachhinein noch krank vor Angst um ihren Sohn werden. Da kam ihm die rettende Idee: er konnte doch Felix' Vater anrufen. Das war ein Mann, mit dem man über so ziemlich alles reden konnte. Seit einem Jahr lebte er mit Felix allein, weil er und seine Frau sich getrennt hatten. Seitdem war Felix' Zimmer und oft die ganze Wohnung das Hauptquartier der Freunde. Felix' Vater

war Journalist und schrieb auch Bücher. Die Jungen saßen oft mit ihm zusammen und halfen ihm, Ideen zu entwickeln, oder er las ihnen vor, was er geschrieben hatte, und bat sie um ihre Stellungnahme.

Als Jörg bei Felix' Vater klingelte, schlug es von der Turmuhr der Kirche gerade zwölf Uhr.

»Komm rein«, sagte der Mann fröhlich. Der späte Besuch schien ihn nicht zu überraschen. Er rief sofort Jörgs Eltern an, um sie zu beruhigen. In einer halben Stunde bringe er den Jungen mit dem Wagen vorbei, sagte er.

Jörg hörte nicht, was seine Mutter am anderen Ende der Leitung dazu meinte, und Felix' Vater ging nicht darauf ein. Er sagte nur: »Nun gib mir mal einen Bericht, so knapp und genau wie möglich!« Gewohnheitsmäßig machte sich Felix' Vater Notizen. Schließlich sagte er: »Saubere Arbeit – gut ermittelt und knapp berichtet.«

Dann griff er zum Telefon und rief den Kommissar vom Dienst beim Landeskriminalamt an.

Eine nächtliche Aktion

Die Nacht war dunkel, am Himmel war kein Stern zu sehen. Schon am Nachmittag waren Wolken aufgezogen. Als der Schmied und die vier Freunde das große Schlauchboot zu Wasser ließen, fielen die ersten Tropfen eines warmen Sommerregens. Der Schmied hatte ein freies Uferstück gefunden, etwa vier Kilometer von jener Halle entfernt, in der sie die Werkstatt der Autoschmuggler vermuteten.

Der Außenbordmotor tuckerte los. Sie gewannen schnell Fahrt. Keiner sprach. Alle fünf schauten angestrengt geradeaus. Der Regen wurde heftiger. Weit draußen auf dem See fuhr ein hellerleuchteter Dampfer vorbei. Vom Ufer blinkten einzelne gelbe Lichter herüber. Schemenhaft tauchten die Konturen von Zelten und Wohnwagen auf, als sie an einem Campingplatz vorbeifuhren.

Felix sah sich nach dem Schmied um. Der massige Kerl hockte wie ein großer, dunkler Felsbrocken im Heck des Bootes. Das beklommene Gefühl, das den Jungen befallen hatte, als er in das Boot gestiegen war, ließ nach. Erwin Kattowitz flößte ihm Vertrauen ein.

»Dort!« Rainer zeigte mit der Hand nach vorn.

Wie ein mächtiger Schatten tauchte die halbrunde Halle vor ihnen auf. Der Schmied stellte den Motor ab. Für einen Augenblick war das Prasseln der Regentropfen auf die Wasseroberfläche und die

Gummiwände des Bootes das einzige Geräusch. Dann tutete draußen auf dem See das Horn eines Linienschiffes. Die Blitze des Blinkfeuers von Lindau zuckten durch die Nacht und warfen für Sekunden grellgelbe Bahnen über das Wasser.
»Das Paddel«, befahl der Schmied.
»Für mich auch eines«, sagte Rainer.
»Laß mal«, brummte Erwin Kattowitz, »das gibt sonst einen wackligen Kurs.«
Leise stach er das Paddel abwechselnd auf der linken und der rechten Seite ein und trieb es mit gewaltigen Armbewegungen durch das Wasser. Er atmete bald schwer und fuhr sich immer wieder mit dem Handrücken über die Stirn, obwohl der starke Regen den Schweiß augenblicklich fortschwemmte.
Immer näher kam die Halle, immer größer wuchs sie vor ihnen aus der Wasserfläche herauf.
Der Schmied hatte für sich und die Jungen Schwimmflossen, Taucherbrillen und Schnorchel im Boot bereitgelegt. Jetzt, da sie nicht mehr als zwanzig Meter vom Rolltor der Halle entfernt waren, sagte er: »Fertigmachen zum Tauchen.« Eindringlich setzte er hinzu: »Wir wissen nicht, wie tief das Tor ins Wasser hinabreicht. Ich tauche zuerst und erkunde die genaue Position der Unterkante. Erst wenn ich zurück bin, werden weitere Entscheidungen getroffen.«
Sie hatten jetzt alle nur noch Badehosen an und saßen fröstelnd dicht beieinander im engen Boot.

Noch zweimal stach der Schmied das Paddel lautlos ins Wasser und trieb das Boot bis auf wenige Meter an die Halle heran. Dann gab er Rainer das Paddel und sagte: »Halte das Boot möglichst auf Position.« Und schon glitt er geschmeidig und fast ohne Geräusch in das dunkle Wasser. Zwei-, dreimal schlugen die Schwimmflossen, noch ein paar helle Atemperlen trieben sichtbar zur Oberfläche, dann herrschte wieder Stille.

Das Boot trieb langsam auf die Halle zu und mußte von Rainer immer wieder in die ursprüngliche Position bugsiert werden.

Uli sah auf das leuchtende Zifferblatt seiner Uhr und verfolgte mit den Augen den Sekundenzeiger, der nun schon dreimal den Kreis umrundet hatte.

»Mensch, wo bleibt er denn«, flüsterte Berne atemlos.

Eine weitere Minute verging.

»Was machen wir, wenn er nicht zurückkommt?« sagte Uli leise.

»Mann, rede doch keinen Unsinn«, zischte Felix erregt.

Rainer manövrierte das Boot erneut in die alte Position.

»Fünf Minuten«, sagte Uli ein wenig zu laut.

»Plumps«, machte es leise, und gleichzeitig war ein leises Rauschen zu vernehmen. Rainer und Uli streckten dem Schmied die Hände entgegen. Sekunden später saß er nun schwer atmend im Boot.

Als er wieder sprechen konnte, sagte Erwin Kattowitz: »Ein gefährliches Ding. Ich war viermal unten. Das Tor reicht etwa einen halben Meter unter die Wasseroberfläche, aber die Schienen, in denen es läuft, gehen viel tiefer. Im Inneren der Halle ist es stockdunkel. Ich konnte nur erkennen, daß links und rechts Steintreppen an den Wänden hochführen. Dahinter kommt offensichtlich eine zweite Wand.«

Der Atem des Schmieds ging jetzt ruhiger. »Ich bin mir nicht schlüssig, was wir jetzt tun sollen«, sagte er nachdenklich.

»Wir gehen alle rein, was sonst«, meinte Berne.

Der Schmied sah ihn an: »Ich hab' das zu verantworten.«

Rainer schaltete sich ein. »Jetzt, wo wir vielleicht ganz dicht vor der Lösung stehen, geben wir doch nicht auf.«

»Na gut«, der Schmied gab sich einen Ruck, »also bleibt ganz dicht hinter mir. Wir schwimmen bis zum Tor. Dort kann man auch das Boot festbinden. Dann gehen wir miteinander runter, einer direkt neben dem anderen. Klar?«

»Alles klar!« gaben die Jungen leise zurück.

Nacheinander glitten sie ins Wasser. Der Schmied zog das Boot an einem Seil hinter sich her. Als er es verknotet hatte, gingen alle fünf dicht nebeneinander in Position.

»Los!« kommandierte der Schmied. Sie tauchten gleichzeitig und kamen auch gleichzeitig auf der anderen Seite wieder an die Oberfläche. Der Schmied schaltete seine Handlampe ein. Das Licht geisterte über eine glänzende Stahlfläche – ein Tor aus zwei Flügeln, das oben und unten in Schienen lief. Rechts und links an der Wand sah man schmale Türen, zu denen Steintreppen hinaufliefen. Auf die rechte dieser beiden Treppen schwamm der Schmied jetzt zu. Er setzte sich auf die erste Stufe, die im Trockenen lag, und zog die Schwimmflossen von den Füßen. Die Jungen folgten seinem Beispiel.

Plötzlich schrie Felix auf: »Seht mal, das Tor!«

Wie von Geisterhänden bewegt, glitt das Rolltor, unter dem sie gerade durchgetaucht waren, fast lautlos tiefer. Der Schmied hechtete ins Wasser. Er holte Luft und tauchte, kam aber schon nach kurzer Zeit wieder herauf und schüttelte prustend den riesigen Schädel. »Zu spät – das schließt sich mit unglaublicher Geschwindigkeit.« Langsam stieg er aus dem Wasser: »Ich bin der leichtsinnigste Schwachkopf, der rumläuft.«

»Ganz recht!« Die Stimme kam aus einem Lautsprecher. Gleichzeitig tauchten riesige Scheinwerfer den düsteren Raum in gleißendes Licht.

Die Lautsprecherstimme sagte: »Kommen Sie durch die Tür an der rechten Wand – sie ist offen.«

Im Gänsemarsch trotteten sie die Treppe hinauf. Der Schmied stieß die schmale Tür auf und zwängte sich hindurch.

Die Jungen hinter ihm konnten nicht an ihm vorbeisehen, sie hörten nur das schnalzende Geräusch, das er mit der Zunge machte, und dann seine Stimme: »Donnerwetter!«
Endlich machte er auch den Weg für die anderen frei. Die Jungen drängten nach. Sie standen in einem riesigen Raum. In der Breite des Stahltors erstreckte sich die Wasserfläche U-förmig in die Halle. Dort lag ein seltsames Schiff mit einem breiten Kiel. Die Aufbauten glichen einem Haus mit sechs Fenstern an der Seitenfront, verteilt auf zwei Etagen. Vorn und hinten waren breite Holzflügeltore angebracht.
»Das ausgediente Fährboot«, sagte Berne, der als erster die Sprache wiederfand, zu seinem Bruder Uli.
Links und rechts von der Wasserfläche liefen etwa drei Meter breite Stege, auf denen Maschinen montiert waren. Die Fläche, die nach hinten das Wasser abschloß, nahm die ganze Breite der Halle ein, war mindestens zwölf Meter tief und vollgefüllt mit Autos. Drei Meter zurückgesetzt verlief über dieser Fläche etwa in vier Meter Höhe eine Galerie, von der fünf Türen abgingen, die offensichtlich zu Zimmern führten. Auf der Galerie stand der Mann mit der Kapitänsmütze. In der linken Hand hielt er das Mikrofon der Lautsprecheranlage, in seinem rechten Arm lag eine Maschinenpistole, die direkt auf den Schmied zeigte.
»Kommen Sie näher«, sagte Arantes, »Sie werden

sich sonst erkälten. Dort unten in dem Schrank hängen Bademäntel in allen Größen. Es dürfte für jeden etwas Passendes dabeisein.« Dann rief er nach hinten: »Ali, hol bitte das Schlauchboot rein!«

Sie hörten Alis Stimme von hinten: »Okay, Boß.« Dann schlug irgendwo eine Tür.

Der Schmied lächelte.

»Finden Sie irgend etwas amüsant?« fragte Victor Arantes.

Aber Erwin Kattowitz würdigte ihn keiner Antwort.

Im Schrank fand tatsächlich jeder, selbst der massige Schmied, einen passenden Bademantel.

»So, jetzt die Eisentreppe herauf.« Arantes wies mit der Maschinenpistole die Richtung.

Als sie auf der Galerie ankamen, öffnete Arantes die Tür, vor der er stand, und trat zwei Schritte zurück. »Hier rein!«

Wortlos marschierten sie durch die Tür. Der Raum, etwa vier mal sechs Meter groß, enthielt nur eine Bank, die an drei Wänden entlanglief, einen Tisch, um den vier Stühle standen, und drei Stahlschränke.

»Wir unterhalten uns morgen«, sagte Arantes.

»Sekunde mal!« knurrte Erwin Kattowitz. Er wollte einen Schritt auf Arantes zumachen, aber der hob die Waffe und zielte genau auf die Brust des Schmieds. »Keine falsche Bewegung!« Mit einem Knurrlaut blieb Erwin Kattowitz stehen.

Dann sagte er: »Lassen Sie die Jungs hier raus, die haben mit der Sache nichts zu tun.«
Arantes schüttelte den Kopf. »Gerade die haben etwas damit zu tun, der dort zum Beispiel«, er deutete auf Berne.
Der Schmied schwitzte. »Hören Sie, es ist klar, daß ich uns in diese Situation manövriert habe, aber ich bin auch bereit, die Konsequenzen zu tragen.«
»Geschwätz!« Der Mann mit der Kapitänsmütze machte Anstalten, die Tür zuzuwerfen.
Der Schmied wand sich. »Ich bin Schmied und – nun ja – ich kenn' mich in technischen Dingen gut...«

Weiter kam er nicht. »Sie sind Erwin Kattowitz, ich weiß, und von Ihren technischen Spielereien hat man mir auch berichtet . . .«
»Das ist doch nicht möglich!«
»Wenn man über eine Organisation verfügt wie ich, sind Informationen leicht zu bekommen und oft genug lebensnotwendig.«
»Also«, sagte der Schmied, »ich biete Ihnen meine – na, meine Arbeitskraft an.«
Arantes lachte ein häßliches Lachen: »Sie Schwachkopf, ist Ihnen denn nicht klar, was die Entdeckung dieses Ladens hier bedeutet? Ich muß dichtmachen, auflösen. Aber bevor das nicht gelaufen ist, lasse ich euch auch nicht laufen. Ich habe euch schon heute nachmittag beobachtet, als ihr da draußen herumgekurvt seid. Da nach meiner Berechnung außer euch fünf niemand weiß, wo ihr seid, kann es lange dauern, bis die Bullen eure Spur finden.«
In diesem Augenblick dachten alle fünf an Jörg.
»Und wenn die Polizei wider Erwarten schneller sein sollte, brauche ich euch als Geiseln.« Mit diesen Worten knallte Victor Arantes die Tür zu und drehte den Schlüssel zweimal im Schloß. Zusätzlich schob er noch einen Riegel vor.
Niedergeschlagen standen die fünf in ihrem Gefängnis. Wenn der Anlaß nicht so traurig gewesen wäre, hätten sie bestimmt gelacht, denn in ihren weißen, flauschigen Bademänteln sahen sie aus, als ob sie eine seltsame Uniform trügen.

Der Schmied sah sich mit düsterer Miene um. »Wenn der mich einen Schwachkopf nennt, hat er sogar recht«, brummte er niedergeschlagen. Aber dann reckte er die Schultern, sah die Jungen nacheinander an und donnerte mit gewohnter Stimmkraft: »Aber ich bring' uns hier raus!«

»Irrtum«, sagte draußen Victor Arantes leise und schaltete den Empfänger ab, der mit einem Mikrofon in der kahlen Gefangenenstube verbunden war. Er sah nicht, daß Ali, der am Geländer der Galerie nur wenige Meter hinter ihm lehnte, grinste und leise zu sich selbst sagte: »Mal sehen, wer sich irrt!«

Ein mißgelaunter Kommissar

Felix' Vater saß im Zimmer von Kriminalkommissar Lenz. Die beiden waren schon seit Jahren miteinander bekannt.

Lenz war ein dicker, kleiner glatzköpfiger Mann, der sehr gemütlich wirkte und sehr ungemütlich werden konnte. Er sah sein Gegenüber durchdringend an. »Wir haben gestern abend noch alles Notwendige in die Wege geleitet.«

Felix' Vater hob fragend die Augenbrauen. »Und was ist das?«

Der Kommissar ging auf die Frage nicht ein. »Ziemlich ungewöhnlich, wie Sie Fünfzehnjährige sich selbst überlassen.«

»Waren Sie mit fünfzehn nicht auch in den Ferien mit Ihren Kameraden allein unterwegs?«

»Schon, aber wir haben nicht Verbrecherjagd gespielt.«

»Die Jungen hatten ja auch wirklich etwas anderes vor. Sie wollten mit ihrem Freund, dem Schmied, eine Höhle erforschen.«

Der Kommissar machte eine wegwerfende Handbewegung. »Ach was, der Schmied ist doch selbst noch ein Kind.«

»Sie kennen ihn nicht!«

»Aber ich habe genug über ihn gehört.«

»Also, ich habe ihn im letzten Jahr kennengelernt, und ich kann nur sagen, er ist ein imponierender Mann.«

Der Kommissar stand auf und stapfte zum Fenster. Er sah hinaus und sagte mit deutlicher Sorge in der Stimme: »Letztes Jahr ging es um zwei vergleichsweise harmlose Ganoven, und dieser Kattowitz hatte ein verständliches Interesse, weil sein eigener Bruder in die Sache verwickelt war.«
Felix' Vater erkannte plötzlich, daß der Kommissar die Lage für sehr ernst hielt. Er fragte: »Was ist nun eigentlich seit gestern abend geschehen?«
Langsam drehte sich der Kommissar um. Felix' Vater versuchte vergeblich, in den Augen des Polizisten zu lesen. Es schien so, als ob Lenz durch ihn hindurchsehen würde.
»Wir beschatten Büchi seit Ihrem Anruf. Diese Annemirl konnten wir bislang nicht finden, offensichtlich hat sie das Haus Büchis in der Zeit zwischen 24.00 und 1.20 Uhr verlassen. Wahrscheinlich ist sie in einem Hotel abgestiegen, oder sie hat eine eigene Wohnung irgendwo in der Stadt.« Der Kommissar machte eine Pause, zog eine Schublade seines Schreibtisches auf, nahm zwei Schnapsgläser heraus und füllte sie mit Kognak aus einer Flasche, die er hinter einem Aktenordner aus einem Schrank hervorgezogen hatte.
Die beiden Männer tranken einander schweigend zu.
»Was uns mehr Kopfzerbrechen macht«, fuhr der Kommissar fort, »ist die Tatsache, daß der Schmied und die vier Jungen wie vom Erdboden verschwunden sind.«

»Ist das Ihr Ernst?«
»Natürlich, in solchen Fällen pflege ich nicht zu spaßen. Zwei Beamte der Konstanzer Kripo waren auf dem Zeltplatz. Aber da war kein Mensch. Auch der Bauer, auf dessen Wiese das Zelt steht, konnte keine Auskunft geben.«
»Aber dann ist doch klar, wo die sind«, sagte Felix' Vater aufgeregt.
»Bitte?« Kommisar Lenz sah ihn verständnislos an.
»In diesem Hangar bei Friedrichshafen.«
»Ich verstehe kein Wort.«
»Na ja, ich habe Ihnen heute nacht nichts davon erzählt, weil ich dachte, die Geschichte hier in Stuttgart sei vordringlich.«
Lenz sah ihn kalt an. »Und weil Sie dem Schmied nicht ins Handwerk pfuschen wollten, nicht wahr?«
»Da ist was dran«, Felix' Vater tat ein wenig zerknirscht. »Ich wollte eigentlich zuerst Kontakt mit Herrn Kattowitz aufnehmen.«
Der Kommissar schlug mit der Faust auf den Schreibtisch. »Das ist doch nicht zu fassen! Ist Ihnen eigentlich klar, daß Sie damit den Verbrechern womöglich in die Hand gearbeitet haben? Sie sind – entschuldigen Sie schon – genauso ein Kindskopf wie der Schmied und diese Früchtchen, von denen eines ihr eigenes ist.«
Felix' Vater sah den Kommissar an und schüttelte den Kopf.

»Es kann ja sein, daß ich nicht richtig geschaltet habe. Aber eines wollen wir doch festhalten: Seit über einem Jahr fahndet unsere fabelhafte Polizei nach der berüchtigten Autoknackerbande und versucht genau das herauszubekommen, was der Schmied und die Jungs in drei Wochen ermittelt haben.«
»Zufälle«, knurrte der Kommissar. »Und jetzt will ich endlich wissen, was es mit dem Hangar auf sich hat.«
Felix' Vater kramte seine Notizen aus der Tasche und gab zu Protokoll, was ihm Jörg in der Nacht berichtet hatte.
Der Kommissar ließ ein Tonband mitlaufen. Als Felix' Vater geendet hatte, drückte Lenz auf die Stopptaste und goß jedem wortlos noch mal einen Kognak ein. Er leerte sein Glas in einem Zug und brummte übel gelaunt: »Na, dann wollen wir mal sehen, was da noch zu retten ist.«

Jörg wunderte sich sehr, als er an seinem ersten Arbeitstag bei einem großen Fernsehgerätehersteller in das Büro des Personalchefs beordert wurde. Sein Meister sah ihn mißtrauisch an und sagte: »Ich hab' gehört, die Polizei sei da. Wenn du was ausgefressen hast, kannst du gleich deine Sachen packen und verschwinden.«
Der Junge sah seinem Chef direkt in die Augen. »So schnell werden Sie mich nicht wieder los!«

Aber so beherzt er auch dem Meister geantwortet hatte – auf dem Weg in den fünften Stock erfaßten ihn doch Angst und Unsicherheit. Er hatte schweißnasse Hände, als er an die Tür zum Sekretariat des Personalchefs klopfte. Eine junge Frau brachte den frischgebackenen Lehrling in das Zimmer des Personalchefs.
Jörg sagte ziemlich leise und schüchtern: »Grüß Gott.«
Hinter einem Ungetüm von Schreibtisch saß der Personalchef, ein hagerer älterer Mann mit einer dicken Hornbrille. »Sie sind Jörg Haußmann, nicht wahr?«
Jörg nickte – es verwirrte ihn ein wenig, daß der Personalchef ihn mit »Sie« anredete.

»Das ist Inspektor Kleinohr.« Der Personalchef wies auf einen jungen, kräftig gebauten Mann, der in einem der Besuchersessel saß und Jörg freundlich die Hand entgegenstreckte.
»Wir werden Sie beurlauben, solange die Polizei Ihrer bedarf«, sagte der Personalchef geschraubt. Dann lachte er ein wenig gekünstelt: »Ich glaube, das ist das erste Mal in unserer Firmengeschichte, daß wir einem Mitarbeiter an seinem allerersten Arbeitstag Urlaub gewähren.«
Jörg sah den Mann hinter dem Schreibtisch an. »Aber warum?«
»Nun, wie es heißt, bist du eine Schlüsselfigur in einem Kriminalfall«, sagte der Personalchef, und nun wunderte sich Jörg, daß der Chef ihn plötzlich duzte.
»Ach so«, sagte der Junge lahm.
»Es soll dir und einigen anderen gelungen sein, die berüchtigte Autobande entlarvt zu haben.«
Jetzt klang in der Stimme des Personalchefs so etwas wie Stolz mit, gerade so, als ob das Verdienst bei ihm selbst liegen würde.
Der Polizeiinspektor erhob sich und sagte förmlich: »Wir sind Ihnen sehr zu Dank verpflichtet, Herr Direktor.«
»Ich bitte Sie, das ist doch selbstverständlich.«
»Wir waren uns ja einig«, sagte der Inspektor noch, »daß dem Jungen keinerlei Nachteile erwachsen sollten.«
»Aber das versteht sich doch von selbst.« Der

Personalchef kam hinter seinem Schreibtischungetüm hervor und legte Jörg väterlich die Hand auf die Schulter. »Wir sind sehr daran interessiert, daß die Sache Erfolg hat, schließlich wurden aus unserem Wagenpark auch zwei sehr teure Autos gestohlen!«

Jörg verließ mit dem Inspektor den Betrieb.

»Redet der immer so hochtrabend daher?« wollte der Polizist wissen.

»Keine Ahnung«, sagte Jörg, »ich bin ja heute den ersten Tag im Betrieb.«

»Ach so, stimmt.«

Auf der Fahrt zum Landeskriminalamt erzählte der Inspektor, daß der Schmied und die vier Freunde verschwunden seien.

»Dann ist etwas schiefgegangen«, sagte Jörg aufgeregt.

»Tja, das muß man wohl befürchten.«

Der Junge begann zu schwitzen. »Was unternimmt denn die Polizei?«

»Vorerst gar nichts.«

»Wie bitte?«

»Wir brauchen von dir erst die genauen Ortsangaben und eine exakte Schilderung dessen, was du weißt.«

»Aber inzwischen kann doch . . .«

»Nun mal ruhig. Blinder Eifer schadet in solchen Fällen nur. Wenn alles zutrifft, was wir bis jetzt wissen, braucht diese Bande Tage, ehe sie ihren Laden auflösen kann.«

»Aber die werden verduften.«
»Das wäre allerdings möglich«, sagte der Polizist.
Jörg verglich automatisch das Büro seines Personalchefs mit dem Zimmer von Kommissar Lenz. Dieses hier war nicht einmal halb so groß, den Boden bedeckte billiges Linoleum, während im Personalbüro dicke Teppiche lagen. Häßliche gelbliche Schreibtische voller Kratzer und Brandflekken, die wie Narben aussahen, bildeten zusammen mit Holzstühlen das ganze Mobiliar.
Vor dem Kommissar lag eine große Landkarte.
»Nun«, knurrte Lenz unfreundlich, »wo liegt der Schuppen?«
Jörg orientierte sich schnell und wies dann auf den Punkt. Kommissar Lenz zog ein durchsichtiges kariertes Papier heran, legte es über die Karte und zeichnete die Konturen nach.
»So«, sagte er zu Jörg, »nun trage genau die Lage des Hangars ein und die Stelle, wo das Blockhaus steht.«
Der Junge überlegte kurz und malte dann ein Viereck für das Haus und ein Oval für den Hangar auf das Blatt.
Wortlos drückte der Kommissar auf einen Knopf.
Ein junger Beamter kam herein.
»Das geht per Bildfunk nach Konstanz«, kommandierte Lenz. Er drückte einen zweiten Knopf. Eine junge Dame mit einem Stenoblock betrat den

Raum. »Geben Sie folgendes Fernschreiben nach Konstanz durch: Der dicke kleine Kommissar lehnte sich in seinem Holzsessel zurück. Das Möbel gab einen beleidigt knarrenden Ton von sich. Lenz legte seine Fingerspitzen auf der höchsten Erhebung seines Bauches gegeneinander und diktierte:

»Eilt! Kommissar Häberlin sofort auf den Tisch! Lieber Kollege. Schicken per Bildfunk Lageskizze des Hangars. Dort vermutlich Autowerkstatt. Wir müssen annehmen, daß die Jungen und Kattowitz dort gefangengehalten werden. Bitte nicht eingreifen, bevor wir eintreffen. Gruß Lenz.«

Die Sekretärin verließ eilig den Raum. Lenz richtete seine grauen Augen auf Jörg. »Von dir will ich jetzt alles noch mal ganz genau hören. Aber faß dich kurz. Unser Hubschrauber ist in zwanzig Minuten startklar.«

Während Jörg erzählte, lief das Tonband mit. Der Kommissar veränderte seine Haltung nicht. Weit in seinem Stuhl zurückgelehnt, die Hände über seinem Kugelbauch, saß er da und hielt die Augen unverwandt auf den erzählenden Jungen gerichtet.

Als Jörg fertig war, stieß der Kommissar die Luft durch die Nase aus. Dann sagte er mit einem ärgerlichen Ton in der Stimme: »Ihr haltet das wohl für eine großartige Sache, was?«

Jörg wich dem Blick des Beamten nicht aus. »Viel-

leicht hätten wir die Polizei früher einschalten sollen.«
»Vielleicht?« Der Kommissar schlug sich mit der flachen Hand vor die Stirn. Er holte Luft, aber er kam nicht mehr dazu, etwas zu sagen, denn im selben Augenblick steckte ein uniformierter Polizist den Kopf durch die Tür und meldete: »Der Hubschrauber, Herr Kommissar!«

Ein gefährlicher Vorstoß

Der Schmied und die vier Freunde hatten mehr schlecht als recht auf den Bänken geschlafen. Felix war einmal aufgewacht, weil Erwin Kattowitz schnarchte, als ob er einen ganzen Wald zersägen müßte, aber er war schnell wieder eingeschlafen.

Als sie die ersten Geräusche hörten, sprang Erwin Kattowitz mit einem Satz auf beide Füße und schaute auf seine Taucheruhr. »Genau sieben Uhr«, sagte er, und dann, mit einem Anflug von Humor: »Wo bleibt das Frühstück, verdammt noch mal.«

Die anderen rappelten sich ebenfalls auf. Von draußen drangen seltsame Töne zu ihnen herein: Motorenlärm, das helle Kling-Klang von Hämmern, die Metall bearbeiteten, Bohrgeräusche, Stimmen.

Der Schmied suchte mit den Augen das kahle Zimmer ab. Plötzlich ging er auf einen Heizkörper zu und beugte sich darüber. Dann untersuchte er die Rückseite des Gerätes. Schließlich nickte er schweigend und winkte die Jungen zu sich her. Rainer erkannte als erster, was der metallische Würfel, der kleiner war als eine Streichholzschachtel, zu bedeuten hatte. Er öffnete den Mund, aber der Schmied verschloß ihn sofort mit seiner Riesenpranke. Tonlos formte Berne mit seinen Lippen das Wort »Minisender«. Sie nickten einander zu und verständigten sich mit den Augen und mit Gesten darüber, daß sie so tun wollten, als ob sie das kleine Mikrofon mit dem eingebauten Sender nicht entdeckt hätten. Daß über Jörg nun kein Wort gesprochen werden durfte, war jedem klar. Erwin Kattowitz brachte den Minisender wieder an.

Der Riegel an ihrer Tür wurde aufgeschoben. Sie hörten, wie sich der Schlüssel drehte. Als erstes sahen sie den Lauf der Maschinenpistole.

»Keinen Unsinn, wenn ich bitten darf«, sagte Victor Arantes und schob sich durch die Tür. Ein zweiter Mann in einem blauen Monteuranzug kam herein und stellte ein Tablett mit Kaffeegeschirr und Brötchen auf den Tisch.

»Durchsuch sie!« befahl Arantes.

»Aber die haben doch nur Bademäntel ...«

»Tu, was ich dir sage, ich konnte heute nacht nicht jede Bewegung kontrollieren, vielleicht hat ja einer mit geschickten Fingern ein Werkzeug mitgehen lassen.«

»Hände an die Wand, Füße weit zurück«, kommandierte der Mann. Er durchsuchte sie schnell und meldete dann: »Nichts.«

»Gut!« sagte Arantes. »Ihr könnt jetzt essen.«

Die beiden Männer verließen das Gefängnis. Der Schlüssel drehte sich wieder zweimal, der Riegel wurde vorgeschoben.

Das Frühstück war schnell aufgegessen. Als sie fertig waren, hämmerte der Schmied mit den Fäusten gegen die Tür.

»Was wollen Sie denn?« fragte Berne.
»Nachschlag«, brummte Erwin Kattowitz, »ich hab' noch Hunger.«
Kurz darauf öffnete sich die Tür wieder. Diesmal erschien Arantes zusammen mit Ali, der schnell und mit niedergeschlagenen Augen das Geschirr abräumte.
Felix, der ihm genau gegenüberstand, merkte plötzlich, daß Ali die Tischplatte für die Blicke von Arantes ständig mit dem Körper abdeckte. Beim Zusammennehmen des Bestecks klapperte er ziemlich laut, und da sah Felix auch, wie aus der rechten Hand Alis ein Schraubenzieher herausrutschte. Mit einem schnellen Blick vergewisserte sich Felix, daß Arantes der Blick noch versperrt war. Er griff zu und schob das Werkzeug in den Ärmel seines Bademantels.
Der Schmied sagte zu Arantes: »Das Frühstück war ausgesprochen kümmerlich, ich habe geklopft, um einen Nachschlag anzufordern.«
»Ich habe noch zwei, drei wichtige Arbeiten zu erledigen«, sagte Arantes mit eiskalter Stimme, ohne auf den Schmied einzugehen, »dann beginnen wir mit den Einzelverhören.«
Er sah die Jungen nacheinander finster an und fügte dann hinzu: »Und ihr habt allen Grund, euch davor zu fürchten.«
»Bangemachen gilt nicht«, sagte Berne, aber seine Stimme klang ein wenig brüchig.
Als sie wieder eingeschlossen waren, zauberte Fe-

lix den Schraubenzieher aus seinem Ärmel und hob ihn hoch.
Der Schmied griff sofort danach. Er untersuchte die Tür, aber da waren keine Schraube und kein Spalt zu erkennen.
Uli deutete zu dem Luftschacht hinauf. Erwin Kattowitz zuckte die Schultern und bildete mit beiden Händen ein kleines Rechteck, dann zeigte er auf sich – »viel zu klein« sollte das heißen.
Uli schüttelte den Kopf und deutete auf sich.
Der Schmied sah von dem Jungen zu dem Schacht und umgekehrt. Dann nickte er und klappte ein paarmal den Mund auf und zu. Sie verstanden ihn nicht gleich, aber als er auch noch mit den Händen einen schnatternden Entenschnabel nachmachte, kapierten sie, daß sie Lärm machen sollten.
Rainer begann sofort zu reden: »Dieser unsympathische Mensch wollte uns wohl Angst machen.«
»Der hat doch selber die Hosen voll«, sagte Berne und griff nach dem Tisch, um ihn zusammen mit Felix unter den Luftschacht zu stellen.
»Ich glaube, daß er geisteskrank ist«, sagte Felix.
Sie steigerten sich immer mehr in eine Verunglimpfung Victor Arantes' hinein, weil sie annahmen, daß er ihnen draußen heimlich zuhörte.
In der Zwischenzeit war der Schmied auf den Tisch gestiegen und hatte angefangen, die Schrauben zu lockern. Das gab freilich immer wieder ver-

räterische Geräusche, und jedesmal ermunterte Erwin Kattowitz seine jungen Freunde mit stummen Gesten weiterzuquasseln.
Weil ihnen schließlich nichts mehr einfallen wollte, sagte Rainer plötzlich: »Mensch, das ist vielleicht langweilig hier! Spielen wir ›Kommando Bimberle‹.«
»Kleinkinderquatsch«, sagte Uli.
»Wie geht das überhaupt?« wollte Berne wissen.
»Ich trommle mit den Fingern oder der flachen Hand oder mit den Fäusten auf den Tisch und sage dann zum Beispiel ›Kommando Bimberle‹, das müßt ihr dann nachmachen, oder ich sage ›Kommando falsch‹, dann müssen alle die Hände flach auf den Tisch fallen lassen. Bei ›Kommando Hände hoch‹ fahren alle mit den Händen in die Luft und bei ›Kommando unter den Tisch‹ unter den Tisch. Dann gibt's noch ›Kommando Faust und Doppelfaust‹ – und immer, wenn ich das Wort ›Kommando‹ weglasse, wird nicht gewechselt, auch wenn ich es so mache, um euch zu verwirren.«
»Uli hat recht«, grinste Felix, »das haben wir mit sechs Jahren gespielt.«
»Skatkarten wird uns der Doofkopf da draußen nicht bringen«, sagte Rainer. »Also, wollen wir?«
Jetzt begann ein wildes Hämmern, Klatschen und Klopfen. Der Schmied arbeitete währenddessen schnell, aber mit ruhigen, gelassenen Bewegungen.

Rainer schaute immer wieder zu ihm hinauf, wenn er ein neues Kommando gab. Das Spiel spielten sie kniend vor den Bänken, weil der Tisch noch immer als Arbeitsplattform für den Schmied dienen mußte.

Plötzlich drehte sich der Schlüssel im Schloß. Der Schmied drückte das Gitter, das sich gerade von der Decke zu lösen begann, an und sprang vom Tisch. Schraubenzieher und Schrauben verschwanden in der Tasche seines Bademantels. Berne und Uli gelang es gerade noch, den Tisch wieder in die Mitte des Zimmers zu rücken und Gipskrümel, die bei der Arbeit herabgefallen waren, wegzuwischen. Da wurde auch schon die Tür aufgestoßen.

Der Mann im blauen Arbeitsanzug erschien mit einem Revolver in der Hand und deutete damit auf Erwin Kattowitz: »Kommen Sie, der Boß will Sie sprechen.«

»Verhören«, knurrte der Schmied. Seine Hand in der Manteltasche umklammerte den Schraubenzieher.

»Nenn's, wie du willst«, sagte der andere grob.

Der Schmied machte einen Schritt auf ihn zu, aber die schwere Waffe in der Hand des Mannes zeigte sofort auf Erwin Kattowitz' Magen.

»Glaub ja nicht, daß es mir etwas ausmachen würde, dir ein Loch in deinen dicken Bauch zu schießen. Und da unten gibt's noch ein paar mehr, die sehr dafür sind, aus euch ein paar Wasserlei-

chen zu machen. Was ihr uns kaputtgemacht habt, ist nämlich nicht mehr zu reparieren.«
Der Schmied sah stur an dem Mann vorbei.
Rainer lugte zur Decke. Sein Herz blieb fast stehen. Das Gitter löste sich ganz langsam; die rechte Seite neigte sich Millimeter um Millimeter. Erwin Kattowitz stand noch immer zögernd im Türrahmen. Rainer hätte ihn am liebsten hinausgeschoben. Wieder ein verstohlener Blick zur Decke, das Gitterblech hatte sich erneut um ein Stückchen gesenkt. Der Schmied drehte sich zu den Jungen um und wollte noch etwas sagen, aber da sah er in Rainers Augen und folgte dessen Blick.
»Verdammt«, entfuhr es Kattowitz.
»Was ist?« wollte der Mann mit dem Revolver wissen.
»Nichts – wir wollen Ihren Herrn und Meister nicht warten lassen.« Der Schmied ging sehr rasch auf die Galerie hinaus, so daß sein Bewacher gezwungen war, ihm ebenso schnell zu folgen. Die Tür wurde zugeschlagen, und im selben Augenblick spurtete Rainer los – keine Zehntelsekunde zu früh, das Gitter löste sich und sauste herunter. Rainer warf sich ihm wie ein Torwart entgegen und versuchte es aufzufangen, doch die Wucht des Aufpralls war so stark, daß er zu Boden gerissen wurde. Immerhin war es ihm gelungen, ein starkes Geräusch zu verhindern. Er rappelte sich auf und legte das Gitter sorgfältig auf den Tisch. Seine beiden Arme bluteten.

Felix und Berne transportierten den Tisch unter den Luftschacht. Uli kletterte sofort hinauf und zog einen Stuhl nach, den er auf der Tischplatte plazierte. Von dem Stuhl aus konnte er den rechteckigen Schacht erreichen. Sein Bruder half ihm, sich hineinzuziehen. Gebannt starrten die drei Zurückbleibenden auf die nackten braunen Beine Ulis, die in dem Schacht verschwanden.

Uli fühlte sich sehr allein in der dunklen Röhre. Die Angst schnürte ihm die Kehle zu, aber er dachte zugleich, daß die Freunde nun alle ihre Hoffnung auf ihn setzten.
Auf den ersten Metern drang noch ein Lichtschimmer vom Einstieg her in den Schacht. Aber dann umfing ihn die Dunkelheit. Er war ganz auf seinen Tastsinn angewiesen. Die Teile, aus denen die Röhre zusammengesetzt war, hatten etwa die Länge von Ulis Körper. An den Kontaktstellen ragten scharfkantige Stege nach innen. Es war schwierig, darüber hinwegzugleiten, ohne sich zu verletzen. Alle paar Meter blieb der Junge schwer atmend liegen. Die Luft war warm und stickig. Uli sagte leise vor sich hin: »Daß es in einem Luftschacht so stinken kann . . .!«
Plötzlich hörte er deutlich Stimmen. Offensichtlich war er über einem Raum, in dem sich Leute unterhielten. Jetzt konnte ihn jedes Geräusch, das er machte, verraten. Er blieb starr liegen.

»Ich muß es genau wissen«, hörte Uli eine seltsam gedämpfte Stimme. »Wenn außer euch jemand etwas weiß ...«, der Mann ließ den Satz in der Luft hängen.
Die Stimme, die ihm antwortete, erkannte Uli sofort als die von Erwin Kattowitz: »Wenn wir jemanden eingeweiht hätten, wären wir wohl nicht allein gekommen.«
Uli versuchte sich weiterzuschieben. Es gab ein leise scharrendes Geräusch.
Victor Arantes hob abrupt den Kopf. Erwin Kattowitz dachte blitzschnell: Uli ist schon unterwegs, ich muß Arantes ablenken und hinhalten.
»Was war das?« fragte Arantes mißtrauisch.
»Weiß ich doch nicht«, sagte der Schmied ruppig.
Noch eine Weile lauschte Arantes, dann beruhigte er sich wieder und sah den Schmied scharf an.
»Wir haben Ihren Landrover untersucht.«
»Na ja, darin sind Sie ja Spezialist«, sagte der Schmied.
»Und dabei haben wir etwas Seltsames entdeckt.«
Erwin Kattowitz sah Arantes fragend an.
»Wir haben fünf Taucherausrüstungen gefunden, die offensichtlich für die Jungen gedacht waren, und eine für Sie.«
Arantes stand langsam auf und nahm die Pistole in die Hand, die bislang griffbereit auf seiner Schreibtischplatte gelegen hatte.

»Wo ist der fünfte Junge?« brüllte er plötzlich unbeherrscht los.
»Nun mal ganz ruhig«, meinte der Schmied, als ob er hier zu reden hätte. »Das ist eine Ersatzausrüstung.«
»Ich habe auch einen Mann zu eurem Zeltplatz geschickt, er hat sechs Schlafsäcke gezählt.«
Der Schmied, dem es bis zu diesem Moment ziemlich mulmig gewesen war, lachte befreit los. »Sie bluffen, Arantes.«
Haßerfüllt sah der Autoschmuggler auf Kattowitz hinab. »So, ich bluffe?«
»Wenn Ihr Mann Ihnen berichtet hat, da seien sechs Schlafsäcke, hat er einfach gelogen.« Der Schmied hatte die beiden Nächte im Freien verbracht. Sein Schlafsack lag noch zusammengerollt unter dem Fahrersitz des Landrovers. Zunächst hatte er befürchtet, Arantes habe auch diesen Schlafsack gefunden und die richtigen Schlüsse gezogen.
»Aus den Jungen werde ich die Wahrheit schon rauskriegen«, sagte Arantes.
»Die Wahrheit ist immer die gleiche«, gab der Schmied zurück und versuchte sich gleichgültig zu geben.
»Das werden wir ja sehen«. Arantes schien nachzudenken, dann ging er rückwärts zur Tür und klinkte sie auf. Die Pistole hatte er dabei ständig auf Erwin Kattowitz gerichtet.
»Ali!« brüllte er auf die Galerie hinaus.

Der Junge kam sofort, er mußte in unmittelbarer Nähe gewesen sein.
»Hier, Boß!« sagte er eifrig.
»Daß ich darauf nicht früher gekommen bin … Du mußt es doch wissen.«
»Was muß ich wissen?« fragte Ali unruhig.
»Wie viele Jungen waren auf dem Zeltplatz?«
Erwin Kattowitz glaubte, sein Herz würde aussetzen. Er zog die Füße dicht an den Stuhl heran, denn wenn Ali jetzt die Wahrheit sagte, mußte er sofort zuschlagen, selbst auf die Gefahr hin, daß ihn Arantes mit der Pistole erwischte.
Ali sah Arantes an. »Hab' ich das nicht schon gesagt?«
»Nein, verdammt noch mal.«
»Aber das ist doch sowieso klar, alle, die jetzt hier sind.«
Uli, der bis zu diesem Moment ruhig über dem Raum gelegen hatte, schob sich weiter. Es gab wieder das leicht scharrende Geräusch. Ali sah dem Schmied direkt in die Augen, dann warf er einen Blick zur Decke, um gleich darauf wieder seinen Chef anzuschauen.
»Um genau zu sein«, sagte er langsam, »in der Nacht waren nur zwei draußen, und die beiden, die das Ding mit dem Blumenstrauß gedreht haben, kamen erst morgens heraus.«
»Gut, gut!« sagte Arantes zerstreut. »Büchi sagt auch, in Stuttgart laufe alles normal. Vielleicht mache ich mich wirklich unnötig verrückt.«

Ali sah auf seine Schuhspitzen und sagte nichts dazu. Arantes schien den Schmied inzwischen fast vergessen zu haben.
»Trotzdem«, sagte er zu Ali, »versuch, Annemirl in Stuttgart zu erreichen. Die Wagen müssen umgeleitet werden, du weißt schon. Und wenn hier zwei Fuhren weg sind, hauen wir ab. Ist mein Rennboot aufgetankt?«
»Wie besprochen«, sagte Ali. »Soll ich ihn zurückbringen?« fragte er dann und nickte zu Erwin Kattowitz hinüber.
»Ich hab' noch ein paar unangenehme Fragen an ihn«, sagte Arantes leise, mit einem gehässigen Klang in der Stimme.
Ali nickte gleichmütig, ging hinaus und zog die Tür hinter sich zu.
Arantes umfaßte seine Pistole ein wenig fester und schritt auf den Schmied zu.

Uli glaubte schon stundenlang durch den staubigen dunklen Schacht gekrochen zu sein, als er von vorn einen Lichtschein sah. Jetzt beschleunigte er seine Bewegungen, ohne sonderlich darauf zu achten, daß er dabei ein Geräusch verursachte. Unter sich hörte er Motorenlärm und immer wieder laute Zurufe. Er rechnete sich aus, daß er über der großen Halle war. Der Lichtschein wurde stärker, aber Uli mußte noch um eine enge Biegung kriechen, ehe er etwas erkennen konnte. Was er dann sah, bestürzte ihn zuerst und machte ihn dann zutiefst mutlos. Am Ende des Schachtes war ein großer Ventilator, eine dichte Folge von Schaufelrädern. Der Schacht war blockiert. Fast hätte Uli vor Wut losgeheult. Jetzt mußte er unverrichteterdinge zurückkriechen – mit den Füßen voraus.

Langsam schob er seinen Körper rückwärts. Er suchte mit den nackten Zehen die Wände des Schachtes ab, ehe er ein neues Stückchen Weg in Angriff nahm. Doch da berührte seine rechte große Zehe auf einmal einen ungewöhnlichen Widerstand. Ein Hebelchen mußte das sein, oder ein Haken. Hastig schob er sich weiter, bis er mit dem Kopf auf der Höhe der seltsamen Ausbuchtung war. Vorsichtig befingerte er die Stelle. Wenn es doch heller gewesen wäre!

Nichts wünschte er sich im Augenblick sehnlicher als eine Taschenlampe.

Uli dachte nach. Das war sicher ein Zugang zum Ventilator, wenn Reparaturarbeiten notwendig waren. Doch dann war die Konstruktion so angelegt, daß dieses Stück des Luftkanals von außen geöffnet werden mußte. Und was geschah, wenn er den Mechanismus auslösen konnte und genau auf der Platte lag, die sich dann nach unten öffnete. Der Junge schob seinen Körper ein Stück weiter zurück. Systematisch versuchte er die Ausbuchtung zu verschieben.

Berne, Felix und Rainer saßen wie erstarrt in ihrem Gefängnis. Keiner sprach. Ihre Blicke gingen abwechselnd zur Tür und zum Einstieg in den Luftschacht.

Erwin Kattowitz fuhr sich mit dem Handrücken über die Stirn. An seiner Hand blieb Blut kleben. Schon zweimal hatte Arantes, der hinter ihm stand, unvermittelt zugeschlagen und ihn arg verletzt.
»Warum machen Sie das?« fragte der Schmied und zwang sich, ruhig zu erscheinen.
»Ich habe Jahre gebraucht, dies alles aufzubauen«, sagte Arantes.
»Das hab' ich schon mal von Ihnen gehört«, gab Kattowitz gelassen zurück.
»Der Schaden, den Sie mir zufügen, geht in die Millionen.«
»Der Gewinn aus Ihren Verbrechen sicher auch.«
Der Schmied hörte die Waffe niedersausen, er versuchte noch auszuweichen.
Die Pistole streifte sein Ohr und traf seine rechte Schulter.
Er schwieg, wendete nicht einmal den Kopf.
»Ich sollte dem Rat meiner Leute folgen und Sie erschießen«, sagte Arantes, und aus seiner Stimme war all der Haß herauszuhören, der ihn jetzt gefangenhielt.

Uli spürte plötzlich, wie der schmale Hebel unter dem Druck seiner Finger nachgab. Er ließ sich in seiner ganzen Breite verschieben. Das Blech, auf dem der Junge lag, begann leise zu federn. Er versuchte den Hebel in seine Ausgangsposition zurückzudrücken, aber jetzt klemmte die Platte, die durch sein Gewicht nach unten gedrückt wurde. Vorsichtig schob Uli seinen Körper weiter zurück. Nach einer Zeit, die ihm wie Stunden erschien, fühlte er plötzlich einen zweiten Hebel. Diesmal setzte der Junge gleich richtig an. Das Stahlstück gab nach. Uli hatte damit gerechnet, daß das Blech nach unten wegbrechen würde, aber zunächst geschah nichts weiter, als daß durch einen Spalt ein schwacher Lichtschimmer ins Innere des Kanals drang.

Fast gleichzeitig wurde der Ventilator eingeschaltet. Ein Windstoß fuhr auf den Jungen zu, erfaßte ihn, schob ihn nach hinten. Mit aller Kraft klammerte sich Uli fest. Sein einziger Halt war der Sperrhebel, den er gerade geöffnet hatte. Obwohl er den Hebel nicht losließ, wurde er weiter nach hinten geschoben. Uli blinzelte in den orkanartigen Luftstrom und sah, daß sich eine Lücke aufgetan hatte. Das Blech lief in einer Führung und ließ sich waagrecht nach hinten verschieben.

Wenn nur jemand den Ventilator abgeschaltet hätte! Der Luftstrom erschwerte dem Jungen das Atmen, er trieb ihm Tränen in die Augen und ließ die verkrampften Finger klamm werden. Die

Angst schnürte ihm die Kehle zu. Er versuchte um Hilfe zu schreien, aber der klägliche Ton, den er hervorbrachte, erstarb im Rauschen des Ventilatorsturms.

Victor Arantes stand an den Türbalken seines Büros gelehnt und sah zu Erwin Kattowitz hinüber, der zusammengesunken auf dem Stuhl vor dem Schreibtisch saß. Ein roter Streifen lief von der Stirn über die linke Wange bis zum Hals hinab, wo er den Kragen des weißen Bademantels rosa färbte.

Langsam hob der Schmied den Kopf. Er starrte

Arantes mit glasigen Augen an, öffnete den Mund, um etwas zu sagen, schloß ihn dann aber wieder und schwieg.

»Sie haben mir also nichts zu sagen?« fragte Arantes.

Kattowitz schüttelte schwach den Kopf.

»Dann lasse ich Sie jetzt zurückbringen und einen der Jungen holen.«

Der Schmied blickte kurz auf, sagte aber nichts.

Arantes ging zu seinem Schreibtisch, drückte einen Knopf der Gegensprechanlage und befahl: »Ali soll kommen!«

Als der Junge den Raum betrat, sah er den Schmied überrascht an, sagte aber nichts.

»Bring ihn zurück, und hol einen der Bengel her.«

Erwin Kattowitz erhob sich schwerfällig. Plötzlich hörte er das Rauschen der Klimaanlage. Er dachte an Uli, und fast automatisch sagte er: »Wenn dem Jungen was passiert, überleben Sie es nicht, Arantes!«

»Welchem Jungen?« fragte der andere schnell.

»Nun, dem, den Sie jetzt holen.«

Arantes' Gesicht verzog sich zu einer gehässigen Grimasse. »Sie haben noch immer nicht begriffen, wer hier am längeren Hebel sitzt.«

Der Schmied ging zur Tür. Vorsichtig trat Arantes ein paar Schritte zurück. »Bring ihn rüber«, sagte er zu Ali.

Als die Tür hinter den beiden ins Schloß gefallen

war und sie auf der Galerie standen, fragte Erwin Kattowitz schnell: »Wo ist der Schalter für den Ventilator?«
»Au verdammt!« entfuhr es dem Jungen, der mit einer kleinen, silbern glänzenden Pistole hinter dem Schmied stand. »Ich schalte ihn gleich aus«, sagte er hastig, »sobald ich Sie wieder eingesperrt habe.«
Der Schmied sah sich nach Ali um. »Nun sag mal, Junge . . .«
Ali unterbrach ihn: »Ich will nichts hören.«
Erwin Kattowitz sah ihm in die Augen, aber Ali wich dem Blick nicht aus. »Ich weiß sehr genau, was ich mache.«
»Hoffentlich«, sagte Erwin Kattowitz und stapfte auf sein Gefängnis zu.
Ali warf die Tür hinter ihm zu, nachdem er noch schnell hineingerufen hatte: »Ich komme gleich wieder.« Dann hastete er die eiserne Treppe hinunter und legte schnell den Hebel um, mit dem die Belüftung bedient wurde.
Für Uli war es eine unbeschreibliche Erlösung, als der rasende Luftstrom ebenso plötzlich abbrach, wie er begonnen hatte. Er blieb noch für ein paar Augenblicke liegen und rang nach Luft. Dann zog er mit einem beherzten Griff das Blech zurück. Sein Blick fiel durch das Viereck, das sich auftat. Tief unter ihm lag das seltsame Hausboot, auf den Stegen, die an der Wand entlangliefen, arbeiteten zwei Männer in blauen Anzügen an einer Ma-

schine. Uli sah sich nach einer Möglichkeit um, hinunterzukommen. Er zog das Blech noch ein Stück weiter zur Seite. Jetzt konnte er eine Leiter erkennen, die in die weißgekalkte Seitenwand eingelassen war. Er griff nach der obersten Sprosse und schwang sich hinaus.

Die beiden Männer sahen ihn erst, als er nur noch zwei Meter über dem Boden war. Völlig perplex ließ einer von ihnen den Schraubenschlüssel fallen, mit dem er gerade noch gearbeitet hatte, und stotterte: »Ja, wo – wo – wo kommt der denn her?«

Sein Kollege hob den Kopf. »Ali sagt doch, der Chef hat ein paar Jungen da oben eingesperrt.«

Uli ließ sich einfach fallen und landete federnd auf dem breiten Steg. Die beiden Männer kamen auf ihn zu. Langsam wich der Junge ein paar Schritte zurück, startete dann aber überraschend im Stil eines Sprinters und lief den Männern direkt entgegen. Die beiden breiteten die Arme aus, um ihn zu fangen, doch Uli machte plötzlich aus vollem Lauf eine Hechtrolle, tauchte so unter den Fangarmen der Männer hindurch, rollte formvollendet, wie er es im Judokurs gelernt hatte, über die rechte Schulter ab und war wieder auf den Beinen, bevor sich die Männer umgedreht hatten. In schnellem Lauf schoß der Junge an den Maschinen vorbei, huschte im Zickzack um die abgestellten Autos herum, erreichte die Eisentreppe und stürmte sie hinauf. Einer seiner Verfolger schrie: »Da ist einer – aufhalten!«

Uli erreichte die Galerie in dem Moment, als Arantes seine Tür aufriß. Der Junge rannte in unverminderter Geschwindigkeit weiter und ließ sich auch nicht stoppen, als der völlig überraschte Arantes ihm den Weg verstellte. Er schob die rechte Schulter vor und rannte sie dem Mann in vollem Lauf in die Magengrube. Arantes taumelte gegen die Tür zurück. Uli, den der Aufprall fast aus dem Gleichgewicht gebracht hatte, wirbelte um die eigene Achse und rannte dann weiter auf die Tür zu, hinter der seine Freunde waren.
Arantes stand noch immer zusammengekrümmt und wie gelähmt in seiner Tür, als Uli energisch den Riegel zurückzog und den Schlüssel drehte.
Der erste, der herauskam, war der Schmied. Er erfaßte mit einem Blick die Situation. Arantes hatte offensichtlich die Pistole im Zimmer gelassen, außerdem kämpfte er noch immer mit dem Schmerz in der Magengegend. Erwin Kattowitz startete sofort. Aber es reichte nicht. Als Arantes den großen Mann auf sich zukommen sah, schlüpfte er blitzschnell durch seine Tür, warf sie hinter sich zu und drehte den Schlüssel um.
Schon wenige Sekunden danach hörten sie die verzerrte Stimme des Gangsterchefs über die Lautsprecher in der Halle:
»Achtung, Achtung! Alle herhören! Die Gefangenen sind ausgebrochen! Sie sind nicht bewaffnet! Es ist absolut notwendig, daß wir sie nicht entkommen lassen!«

Der Ton brach ab.
Der Schmied sagte: »Rasch verteilt euch, er wird gleich wieder herauskommen, und dann ist er bewaffnet.«
Uli schaute automatisch auf die große Uhr, die an der Stirnwand der Halle hing, und merkte sich die Zeit – 15.42 Uhr –, bevor er wieselflink die rechte Treppe hinunterrannte.

»15.42 Uhr«, sagte im selben Moment der Hubschrauberpilot in das Mikrophon seiner Sprechanlage. »Wir starten.« Irgendwer am anderen Ende sagte: »Okay, guten Flug.«
Jörg, der neben Kommissar Lenz saß und fest angeschnallt war, sah, wie sich die Rotorblätter langsam drehten, immer schneller wurden, für einen Augenblick noch als einzelne Blätter erkennbar waren und dann plötzlich einen schwarzen geschlossenen Kreis bildeten. Die Maschine hob langsam ab. Für einen Augenblick hatte der Junge das Gefühl, der Helikopter müßte kopfüber abstürzen, denn der Pilot hatte nun den Vorwärtsantrieb auf volle Touren gebracht. Die Nase der Kanzel neigte sich und hob sich langsam wieder. Beruhigt lehnte sich Jörg zurück. Die Häuser unter ihnen wurden kleiner, die Autos wirkten wie Spielzeugfahrzeuge. Jörg versuchte sich an Gebäuden, die er von hier oben ausmachen konnte, zu orientieren. Dort sah er den Fernsehturm, auch

der Bahnhof war zu erkennen und der riesige Wohnhauskomplex Asemwald, den die Stuttgarter »Hannibal« nannten.
Aber bald verschwand die Stadt am Horizont. Jetzt gewannen sie Höhe. Der Pilot folgte der Autobahn.
»Wie hoch fliegen wir?« wollte Jörg wissen.
Aber der Pilot konnte ihn nicht hören. Kommissar Lenz beugte sich vor und deutete mit dem Zeigefinger auf eine Skala am Armaturenbrett. Jörg kniff die Augen zusammen. Jetzt konnte er lesen, daß darauf in grüner Schrift »Höhenmesser« stand. »2 100 Fuß«, las er ab. Aus der Schule wußte er, daß ein Fuß 30,48 Zentimeter entsprach. Also flogen sie in etwa siebenhundert Meter Höhe.
Der Kommissar hatte ständig Sprechverbindung zu dem Einsatzkommando der Landespolizei, das den Hangar in der Nähe von Friedrichshafen umstellt hatte. Auch die Wasserpolizei stand in Bereitschaft. Die Auskünfte, die Kommissar Lenz bekam, lauteten immer gleich: »Keine Vorkommnisse am Zielort.«

Ein zweites Polizeikommando hatte in der Rembrandstraße nahe dem Haus von Herbert Büchi Posten bezogen. Die Beamten waren in Zivil und gingen seltsamen Arbeiten nach. Zwei von ihnen hatten den Deckel zur Kanalisation abgehoben

und machten sich daran zu schaffen. Ein anderer saß an der oberen Biegung der Straße und notierte die vorbeifahrenden Autos, geradeso als ob er eine Verkehrszählung durchführen müßte.
Ungefähr zu der Zeit als Uli seine Freunde aus ihrem Gefängnis befreite, verließ Büchi laut pfeifend sein Haus. Der Mann an der Kurve packte seine Listen in eine Aktentasche und klappte sein stoffbezogenes Hockerchen zusammen.
Die beiden Männer an der Kanalisation arbeiteten weiter, scheinbar ohne auf Büchi zu achten. Einer von ihnen stieg ein paar Eisenstufen hinab, zog dann sein Sprechfunkgerät heraus und gab durch: »Büchi verläßt gerade sein Haus. Er besteigt einen

Mercedes-Sportwagen 230 SL und fährt in Richtung Stadtmitte. Polizeimeister Knobel versucht ihm zu folgen.«

Polizeimeister Knobel, das war der junge Mann, der bis eben gerade mit der Verkehrszählung beschäftigt gewesen war. Jetzt hängte er sich in einem grauen Opel an den schnellen Sportwagen.

Eine dramatische Flucht

Uli und Berne waren über die rechte Eisentreppe von der Galerie aus in die Halle gekommen und hatten sich in einem großen Wohnmobil verkrochen, das zwischen all den anderen Autos stand. Felix und Rainer waren die Galerie entlanggelaufen und hatten alle Klinken ausprobiert bis sich endlich eine der Türen öffnete. Sie schlüpften hinein.

»Oh«, rief eine junge Frau spitz, »wo kommt ihr denn her?«

Rainer sah Felix an, Felix sah Rainer an. Sie zuckten beide die Schultern.

»Aber ihr müßt doch wissen, wo ihr herkommt?«

»Nun ja«, Rainer ergriff zögernd das Wort, »haben Sie nichts davon gehört, daß Herr Arantes uns gefangenhält?«

»Ach, ihr seid das?«

Felix starrte sie an: »Ja, was haben Sie denn geglaubt?«

Die Frau biß sich auf die Unterlippe. »Und was mache ich jetzt mit euch?«

Wieder zuckten die beiden Jungen die Schultern.

»Ich kann euch doch nicht hier verstecken, Herr Arantes kann jeden Moment hereinkommen.«

Rainer nickte nachdenklich. »Ja, das könnte schon stimmen. Sind Sie seine Sekretärin?«

»Ja, warum?«
»Nur so.«
Die junge Frau wurde immer unruhiger. »Geht wieder raus, ihr bringt mich nur in Schwierigkeiten.«
Von draußen hörte man die schneidende Stimme von Victor Arantes: »Bleiben Sie stehen, oder ich schieße.«
Nach einer kurzen Pause gab es einen ohrenbetäubenden Knall.
Die junge Frau schlug die Hände vor das Gesicht und sagte ein ums andere Mal: »Ogottogottogott.«
Felix pirschte sich an die Tür heran und öffnete sie einen Spalt. Sein Blick fiel genau auf den Rücken von Arantes, der breitbeinig auf der Galerie stand und den rechten Arm vorgestreckt hatte. Vom Schmied war nichts zu sehen.
Jetzt hörte man eine Stimme aus der Halle: »Er ist hinter der Treppe.«
»Wir bleiben erst einmal hier«, bestimmte Rainer, der jetzt über Felix' Schulter schaute und sehen konnte, wie Arantes auf die Treppe zurannte.
Felix, den es nicht mehr hielt, riß die Tür jetzt ganz auf. Er spurtete los, stoppte aber noch einmal vor Arantes' Zimmer, dessen Tür sperrangelweit offenstand. Er schlüpfte hinein, sah sich nach einer Waffe um, ergriff einen Briefbeschwerer aus Marmor, der einen deutschen Schäferhund darstellte, und rannte weiter die Galerie entlang. Er konnte

gerade noch den Kopf von Arantes sehen, der nun vorsichtig die Treppe hinabstieg.
Felix erreichte das obere Geländer. Die Treppe verlief in zwei Wendungen. Arantes stand auf der unteren Wende und hielt seine Waffe im Anschlag. »Kommen Sie raus, Kattowitz.« brüllte er.
Die Stimme des Schmieds klang gedämpft. »Holen Sie mich doch!«
»Sie entkommen uns sowieso nicht!«
»Da wäre ich nicht so sicher.«
Weit nach vorn gebeugt, so daß man die Muskelstränge an seinem Rücken sehen konnte, stand Arantes da, wie ein Raubtier, das zum Sprung ansetzt.
In dem ganzen Gebäude waren offensichtlich nur die beiden Arbeiter, die zuvor Uli zu fangen versucht hatten, Ali und die Sekretärin anwesend. Von Ali war allerdings nichts zu sehen. Die beiden Arbeiter bewegten sich langsam auf die Treppe zu.
Das sahen auch Uli und Berne.
»Mensch, wenn ich bloß wüßte, wie man hier rauskommt«, flüsterte Uli.
»Dort hinten ist ein Holztor, das sicher aufs Land führt.«
»Und das bestimmt verschlossen ist«, sagte Uli trocken.
»Ich versuch's mal.« Berne ließ sich durch die rechte Fahrertür gleiten und kroch auf allen vieren

in Richtung Holztor. Inzwischen waren die beiden Arbeiter der Treppe bedrohlich nahe gekommen.

Berne erreichte das Tor und erhob sich vorsichtig, bis er die Klinke erreichen konnte. Verschlossen! Er lief geduckt zu seinem Bruder zurück.

»Ich probier' mal was«, sagte Uli wild entschlossen.

Er trat die Kupplung durch und studierte den Ganghebel. Dann schaltete er auf »R« wie Rückwärtsgang. Der Schlüssel steckte.

»Menschenskind, du kannst doch gar nicht fahren!« zischte Berne.

»Ich habe aber oft genug zugesehen«, sagte Uli ruhig und grinste. Er drehte den Zündschlüssel und trat aufs Gas.

Der Motor heulte auf.

»Die Handbremse!« brüllte Berne.

»Der haut ab«, schrie einer der Arbeiter und machte auf dem Absatz kehrt. Arantes fuhr mit dem Kopf herum und stieß einen Fluch aus. Der Schmied nutzte die Gelegenheit, um aus seinem Unterschlupf unter der Treppe hervorzukriechen und geduckt in ein neues Versteck zwischen zwei Autos zu huschen. Uli löste die Handbremse. Das Wohnmobil machte einen gewaltigen Satz. Das Tor war zwar hinter ihnen, aber ein wenig nach rechts versetzt.

Uli drehte wie verrückt am Steuer. Der Wagen machte eine Kurve und raste nun schräg auf das

Tor zu. »Festhalten!« brüllte Uli, der sich selbst mit ganzer Kraft am Steuer festklammerte.
»Vorsicht!« Berne hatte geschrien und zog nun den Kopf ein. Krachend raste das Wohnmobil gegen das Tor und den Balken, der es rechts begrenzte. Es war ein gewaltiger Schlag. Die beiden Jungen wurden nach hinten geworfen und hingen für einige Momente benommen in den Sitzen, dann aber rappelten sie sich auf und sprangen hinaus. Der Motor lief noch immer. Die beiden Arbeiter waren stehengeblieben. Der Schmied lief ein paar Autos weiter. Die Jungen stürmten durch das Tor hinaus.
Kommissar Lenz und Jörg hörten eine nüchterne Stimme aus der Funksprechanlage: »Soeben hat ein Auto das Tor zum Hof des Hangars durchbrochen. Zwei Jungen in weißen Bademänteln rennen heraus.«
»Verdammt«, entfuhr es dem Kommissar, dann starrte er Jörg an und murmelte unter Kopfschütteln: »In weißen Bademänteln, was soll denn das?«
Er wandte sich sofort wieder seinem Mikrofon zu. »Geben Sie den Jungen Schutz, und dringen Sie in das Gebäude ein!« Dann beugte er sich zu dem Piloten vor: »Geht's denn nicht schneller, Mann?«
Der Hubschrauberpilot drehte sich um und sagte: »Das nächste Mal lassen Sie sich am besten einen Düsenjäger kommen.«

Berne und Uli liefen genau in die Arme von zwei uniformierten Polizisten. Vier andere Beamte stürmten auf das Loch in der Tür zum Hangar zu. Sie zogen im Laufen ihre Pistolen.
Victor Arantes entdeckte im selben Moment den Schmied, der tief geduckt auf das Loch in der Stirnwand der Halle zurannte. Langsam und eiskalt hob er seine Waffe und zielte. Der Schmied drehte sich in diesem Augenblick um und sah die Gefahr. Seine Augen flackerten.
Felix beobachtete wie in Zeitlupe, daß Arantes einen kleinen Hebel an der Pistole umlegte und die Waffe ein klein wenig hob. Sein Zeigefinger krümmte sich. Der Schmied stand da und starrte Arantes an, er war wie gelähmt.
Felix hob den Briefbeschwerer und warf ihn mit ganzer Kraft.
Der Schuß peitschte durch die Halle, sofort danach hörte man ein seltsames Singen und immer wieder kleine Schläge. Der Schmied schüttelte die Erstarrung ab. Felix sah, wie die Pistole über die letzten paar Stufen der Eisentreppe hinabschlitterte. Arantes rieb sich den Rücken und stieß Verwünschungen aus.
Erwin Kattowitz rannte jetzt auf das Tor zu und brüllte gleichzeitig so laut er konnte: »Felix, Rainer, mitkommen!«
Die beiden Arbeiter stellten sich dem Schmied entgegen. Sie hatten schwere Schraubenschlüssel in den Händen.

Als er auf ihrer Höhe war, holten sie gleichzeitig aus. Sie standen dicht nebeneinander. Erwin Kattowitz stieß ein mächtiges Lachen aus. Seine gewaltigen Pranken stießen nach vorn und hielten die zum Schlag niedersausenden Arme kurz hinter den Handgelenken auf, dann zog er sie mit einem gewaltigen Ruck nach unten, so daß die beiden Angreifer gleichzeitig zu Boden gerissen wurden und noch immer flach auf dem Bauch lagen, als der Schmied schon das Loch im Tor erreichte und den Uniformierten zurief: »Nicht schießen, ich bin Kattowitz.«

Victor Arantes hatte schnell die Fassung wiedergewonnen. Er war mit einem gewaltigen Satz auf den Boden der Halle hinabgesprungen, hatte sich blitzschnell nach seiner Pistole gebückt und jagte nun mit riesigen Sprüngen die Stufen wieder hinauf. Rainer kam gerade aus dem Zimmer der Sekretärin und lief neben Felix her in Richtung auf die rechte Treppe, als ein Schuß knallte. Die beiden Jungen blieben ruckartig stehen. Langsam wandten sie die Köpfe. Arantes stand nur zehn Meter hinter ihnen und hielt die Waffe im Anschlag.

»Hierher, aber ein bißchen plötzlich!« donnerte er.

Die beiden Jungen gingen mit hängenden Köpfen auf ihn zu. Arantes stieß sie in das Zimmer der Sekretärin. Als die Tür ins Schloß fiel, pirschten sich gerade die ersten Polizisten in die Halle.

»Wer hat mir das Ding aufs Kreuz geworfen?« fuhr Arantes die Jungen an.
Sie antworteten nicht.
Die Sekretärin sagte: »Der da war die ganze Zeit hier im Zimmer«, sie deutete auf Rainer, »der kann's also nicht gewesen sein.«
Arantes schlug Felix wortlos ins Gesicht, daß dessen Nase zu bluten begann.
Felix steckte den Schlag ein, ohne das Gesicht zu verziehen. Arantes ging zum Schreibtisch der Sekretärin und betätigte einen Hebel an der Gegensprechanlage.
Offensichtlich konnte er aus allen Räumen die Lautsprecher in der Halle benützen.

»Achtung!« brüllte er so laut, daß die Anlage übersteuerte und einen markerschütternden Pfeifton von sich gab.
»Ich weiß, daß die Polizei da unten ist«, sagte er nun etwas gemäßigter, »aber was ihr Bullen nicht wißt, ist die Tatsache, daß ich zwei Geiseln habe.«
Damit brach er ab und schaltete das Gerät aus. Wie zu sich selbst sagte er: »Jetzt muß ich erst einmal nachdenken.«
Dann fuhr er zu der Sekretärin herum: »Fräulein Kramer, wo ist Ali?«
»Er sagte zu mir, daß er das Sportboot startklar machen wolle.«
»Sehr gut«, brummte Arantes. »Jetzt muß ich nur einen kühlen Kopf bewahren.«

Der Kommissar und Jörg folgten mit den Augen dem weit ausgestreckten Arm des Piloten. Dort vorn schillerte die blaugraue Wasserfäche des Bodensees. Im gleichen Moment meldete sich wieder die Stimme aus der Sprechfunkanlage: »Erwin Kattowitz ist frei, zwei Arbeiter konnten festgenommen werden.«

»Sehr gut«, brummte der Kommissar. Aber die Stimme fuhr fort: »Arantes hat zwei Jungen als Geiseln genommen.«

»Was?« brüllte der Kommissar, obwohl er genau verstanden hatte, was der Beamte durchgegeben hatte.

»Zwei Jungen sind in der Gewalt von Arantes. Er hat sich in einem Büro verbarrikadiert.«

»Scheiße«, entfuhr es Kommissar Lenz, dann bekam seine Stimme den Befehlston, den Jörg schon kannte: »Unternehmen Sie nichts, bis ich da bin. Wenn Arantes Forderungen stellt, sagen Sie ihm, daß nur ich berechtigt bin, Entscheidungen zu treffen. Halten Sie ihn hin, verstanden?«

»Jawohl, alles verstanden.«

»Ende«, sagte der Kommissar, legte das Mikrofon auf seine Knie und wischte sich mit dem Handrükken den Schweiß von der Stirn.

»Das mußte ja so kommen«, brummte er. Sein Gesicht nahm einen furchterregenden Ausdruck an.

Erwin Kattowitz stand vor einem älteren Polizeibeamten, unter dessen tadellos sitzender Mütze eisgraues Haar hervorlugte. Der Polizist, der sicher schon sechzig Jahre alt war, wirkte ruhig und besonnen.

»Nein, Herr Kattowitz«, sagte er sehr bestimmt, »Sie können da jetzt nicht hinein, und überhaupt wird es sehr gut für Sie sein, wenn Sie sich grundsätzlich heraushalten.«

»Quatsch, meine jungen Freunde sind da drin, und von euch hat ja wohl keiner den Mumm, sie herauszuholen.«

Der alte Polizist blieb geduldig: »Wir tun alles, um die Jungen unbeschadet freizubekommen, aber mit Brachialgewalt, wie Sie das wollen, erreicht man dabei nichts.«

»Aber man muß doch etwas tun«, sagte Erwin Kattowitz verzweifelt.

Ein Hubschrauber tauchte am Himmel auf.

»Das wird Kommissar Lenz sein«, sagte der Beamte und gab dann einem jungen Kollegen den Befehl: »Winken Sie ihn ein, er soll dort drüben auf der Wendeplatte landen, die Uferwiesen hier sind zu naß.«

Langsam senkte sich die Maschine und landete.

Die Rotorblätter drehten sich noch, als Kommissar Lenz mit erstaunlicher Behendigkeit aus dem Hubschrauber sprang und tief geduckt unter den rotierenden Blättern hervorkam. Der Luftwirbel riß ihm den Hut vom Kopf. Ohne darauf zu achten, kam er auf die kleine Gruppe zu.

Er maß mit einem kurzen Blick den Schmied,

Berne und Uli, die in ihren nunmehr ziemlich verdreckten weißen Bademänteln einigermaßen lächerlich aussahen. Dann ging er auf den Beamten zu.
»Lenz«, stellte er sich vor.
»Ich bin Polizeiobermeister Diehl«, sagte der andere und gab dem Kommissar einen kurzen Lagebericht. Während der ganzen Zeit würdigte Lenz die Jungen und den Schmied keines Blickes. Jörg, der nun auch hinzukam, begrüßte seine Freunde und Kattowitz mit herzlichem Handschlag, aber als er fragte: »Was ist ...?«, fuhr der Kommissar herum und sagte scharf: »Ich bitte mir Ruhe aus.«
Polizeiobermeister Diehl beendete seinen Bericht. Der Kommissar nickte anerkennend.
Jetzt hielt es Erwin Kattowitz nicht mehr aus: »Herr Kommissar«, sagte er mit seiner Bärenstimme, »ich habe dazu auch noch was zu sagen.«
»Sie?« Der Kommissar schaute den Schmied an.
»Ja, ich«, sagte der Schmied trotzig.
»Mit Ihnen befasse ich mich später. Jetzt können Sie mir ganz entscheidend helfen.«
Erwin Kattowitz bekam ein eifriges Gesicht: »Ja, gern, wie denn?«
»Indem Sie den Mund halten und mich bei meiner Arbeit nicht behindern!« Mit diesen Worten ließ der Kommissar die drei in ihren weißen Bademänteln stehen und ging rasch auf die Halle zu.

Ein Polizist kam mit einem Bündel. »Wir haben den Landrover und ihr Boot gefunden. Hier sind Kleider.«
Die drei stiegen mißmutig in Hemden und Hosen, die während der Nacht in dem Boot klamm und trotz des sonnigen Tages noch nicht wieder trokken geworden waren.

Arantes biß sich auf die Fingernägel.
»Soll ich Kaffee kochen?« fragte die Sekretärin.
Arantes sah sie an, als ob sie aus einer anderen Welt wäre. »Können Sie jetzt an nichts anderes denken?«
»Aber um diese Zeit mache ich doch immer Kaffee!«
»Versuchen Sie lieber mal, ob das Telefon noch funktioniert!«
Die Frau hob kopfschüttelnd den Hörer ab, murmelte: »Ja, warum soll es denn nicht funktionieren, um Himmels willen?«, und reichte den Hörer an Arantes weiter. »Hören Sie – das Amtszeichen!«
»Stellen Sie mir eine Verbindung zu Büchi her!«
Die Frau wählte. Arantes, der noch immer den Hörer in der Hand hielt, sagte: »Hallo, hallo, ja, wer ist denn dort?«
Dann trat eine Pause ein, während der sich das Gesicht von Victor Arantes gründlich veränderte. Er wurde bleich, seine Lippen zitterten, seine Augen quollen hervor.

»Po – Po – Polizei?« stotterte er. »Aber was machen Sie denn dort...? So, so, Hausdurchsuchung«, er schluckte ... «Ich? Ich bin ein – Freund von Herrn Büchi, Haller mein Name... Hat er denn, ich meine, was soll er denn getan haben ...? So, das können Sie mir nicht sagen ... Ja, ich verstehe ... Auf Wiederhören.« Er knallte den Hörer auf die Gabel. Und sagte zu sich selbst: »Eine Katastrophe.«

Rainer und Felix, die nebeneinander auf einer Couch saßen, blinzelten sich zu. Sie konnten zwar auch noch nicht ahnen, was geschehen war, aber daß es für Arantes einen harten Schlag bedeutete, war ihnen klar.

Arantes biß wieder auf seinen Fingernägeln herum.

»Möchten Sie jetzt vielleicht Kaffee?« fragte die Sekretärin vorsichtig.

Er nickte geistesabwesend, sagte dann aber: »Ach was, geben Sie mir einen Schnaps.«

Die ganze Zeit über spielte er gedankenverloren mit der Pistole, die er in die rechte Jackentasche geschoben hatte.

Das Telefon klingelte. Ruckartig riß Arantes den Hörer von der Gabel und an sein linkes Ohr. »Ja?« bellte er. »Ach, du bist's Ali ...« Rainer und Felix versuchten zwar etwas zu hören, aber es war unmöglich. Das Gesicht von Arantes hellte sich ein wenig auf. »Sehr gut«, sagte er leise, »wirklich ausgezeichnet. Sieh nur zu, daß sie dich nicht entdek-

ken. Und jetzt kein Wort mehr, die werden schnell die Leitung anzapfen.« Damit legte er auf.
Die junge Frau hatte inzwischen ein kleines Glas mit Schnaps gefüllt. Arantes kippte es in einem Zug hinunter.
»So«, sagte er, »ihr zwei seid jetzt meine Lebensversicherung.« Wieder klingelte das Telefon. Er hob ab.
»Wie bitte? Wer ist dort? Kommissar Lenz? Ja, die Jungen sind in meiner Gewalt.«
Er lachte giftig: »Das denken auch nur Sie. Ich und aufgeben, da kennen Sie aber Victor Arantes schlecht!« Er hörte wieder zu und sagte dann: »Nun passen Sie mal auf, Kommissar. Ich werde in vier Stunden mit diesen Früchtchen dieses Zimmer hier verlassen. Vorher wird meine Sekretärin mir noch einige Dinge aus meinem Zimmer holen. Auch das werden Sie zulassen, weil sonst einer der beiden erschossen wird. Mir ist es sehr ernst, denn ich habe nichts mehr zu verlieren. Bevor ich mich Ihnen ergebe, erschieße ich die Geiseln und dann mich selbst!« Er legte auf.
Rainer und Felix waren bei den harten Worten Arantes' erstarrt. Jetzt gab er seiner Sekretärin Anordnungen, was sie aus seinem Zimmer holen sollte.
Rainer, der als erster der beiden Jungen wieder die Nerven hatte, etwas zu sagen, fragte: »Wollen Sie zusammen mit uns fliehen?«
Arantes sah ihn an. »Euch nehme ich mit. Wir fah-

ren zusammen, solange ich befürchten muß, verfolgt zu werden. Dann könnt ihr über Bord springen. Schwimmen könnt ihr ja sicher«, er schickte seiner Bemerkung ein häßliches Lachen hinterher.

»Und warum gehen wir erst in vier Stunden?« fragte Rainer.

»Weil es dann Nacht wird, du Dummkopf.«

»Ganz schön clever«, grinste Rainer, der inzwischen wieder zu seinem alten Selbstbewußtsein zurückgefunden hatte. Arantes schien der Ausspruch zu gefallen. Für eine Sekunde lächelte er Rainer zu.

Auch der Schmied hatte mit seinen Kleidern sein Selbstbewußtsein wieder zurückgewonnen. Er lehnte an einem Polizeiauto und sah gedankenverloren zu dem Hangar hinüber. Die drei Jungen saßen um ihn herum auf dem Boden und schwiegen.

»Wenn er mit Felix und Rainer abhaut, kann er das nur übers Wasser, mit dem Schnellboot zum Beispiel, das ihr neulich in Assmansweiler gesehen habt.«

»Ob er dorthin fahren will, in seinen Bootsschuppen?« fragte Berne.

Der Schmied schüttelte bedächtig den Kopf. »Er muß davon ausgehen, daß die Polizei den Schuppen kennt. Er wird versuchen, an das schweizerische oder österreichische Ufer zu kommen.«

Uli sagte: »Mal angenommen, sie haben die ›An-

nemirl‹ umgespritzt und mit einem neuen Namen versehen ...«
»Das wäre eine Idee«, brummte der Schmied nachdenklich. »Das Schiff ist nach allem, was ihr erzählt, hochseetüchtig, also kann es irgendwo im Bodensee ankern.«
»Man müßte es finden«, sagte Jörg.
»Da kannst du auch gleich eine Nadel im Heuhaufen suchen«, meinte Berne.
Der Kommissar kam aus der Halle. Er berichtete den umstehenden Polizisten: »Wir haben Kontakt mit Arantes, übers Telefon, er will gegen einundzwanzig Uhr abhauen, mit den beiden Jungen als Geiseln.«
»Und werden wir mitspielen?« fragte ein junger Beamter.
»Was denn sonst?« herrschte ihn der Kommissar unwirsch an. »Wir kriegen ihn schon irgendwann, und das Leben der Buben ist wichtiger.
Der Kommissar konnte natürlich nicht wissen, daß seine Worte gerade in dieser Stunde, zweihundert Kilometer entfernt, teilweise bestätigt wurden. Drei Polizisten drangen in eine alte Scheune in Steinenbronn, zwanzig Kilometer von Stuttgart, ein. Herbert Büchi war so überrascht, daß ihm der Gedanke an Gegenwehr gar nicht erst kam. Er blickte von einem schnittigen tomatenroten Alfa Romeo auf, dessen Motornummer er gerade ausgestanzt hatte, und sah direkt in den Lauf einer Maschinenpistole.

Dümmlich fragte er: »Ja, bitte, was ist los?«
»Ich verhafte Sie wegen des Verdachts auf Autodiebstahl in zahlreichen Fällen sowie auf Urkundenfälschung und Zollvergehen. Ich mache Sie darauf aufmerksam, daß alles, was Sie ab jetzt sagen, gegen Sie verwendet werden kann.« Der junge Beamte schloß Handschellen um die Handgelenke Büchis, der resigniert mit den Schultern zuckte. Vier Automechaniker, die ebenfalls in der Scheune arbeiteten, wurden gleichzeitig festgenommen.

Der Kommissar setzte sich auf den Fahrersitz eines Polizeiwagens und zündete sich eine dicke Zigarre an.
»Warten gehört nun mal zu unserem Geschäft«, knurrte er und stieß Rauchwolken aus, die bald einen grauen Schleier um ihn herumlegten.
Erwin Kattowitz ging auf ihn zu. »Kommissar, ich habe da eine Idee.«
»Mann Gottes, lassen Sie mich bloß mit Ihren Ideen in Ruhe«, knurrte Lenz und wandte den Kopf ab.
»Ich nehme also an, Sie brauchen mich im Augenblick nicht.«
»Sie brauche ich überhaupt nicht.«
»Und die Jungs?«
»Müssen genau wie Sie aussagen.«
»Wann?«

»Sobald die Geschichte hier abgeschlossen ist.«
»Dann können wir also losziehen?«
»Bis auf den da«. Lenz deutete auf Jörg, »der untersteht meiner Obhut. Und Sie halten sich bereit. Sagen Sie einem Beamten, wo man Sie erreichen kann.«
Mit diesen Worten wandte sich der Kommissar endgültig ab und schien ganz mit seiner Zigarre beschäftigt zu sein.
Erwin Kattowitz nannte einem Beamten die Anschrift seines Freundes, bei dem sie zelteten.
»Kann ich meinen Landrover wiederhaben?« fragte er.
Da kam noch mal die griesgrämige Stimme des Kommissars aus dem Polizeiwagen: »Nein, keinesfalls, den brauchen wir für die Spurensicherung.«
»Arsch mit Ohren«, knurrte der Schmied leise, dann rief er seine Freunde: »Kommt, wir haben ja auch Gehwerkzeuge.«
Sie machten sich davon. Nach einer Stunde Fußmarsch erreichten sie einen kleinen Hafen, in dem verschiedene Boote lagen. Der Schmied erkundigte sich nach den Besitzern und klapperte die Hotels und Gasthöfe rund um den Hafen ab. Geduldig fragte er immer wieder, aber niemand wollte ihm seine Geschichte glauben, zumal er ziemlich verwegen aussah in seinen zerknitterten Kleidern und zudem noch unfrisiert und unrasiert.

Verdrossen saßen sie auf der Kaimauer.
Ein Segelboot näherte sich langsam der Hafeneinfahrt und wurde nun von einem schwachen Außenbordmotor, einem sogenannten Flautenschieber, in das Hafenbecken hineingetrieben.
»Sieh mal!« Uli stieß seinen Bruder an. »Ist das nicht . . .?«
»Klar ist er das!« unterbrach ihn Berne und war auch schon auf den Beinen.
»Ich verstehe kein Wort«, brummte der Schmied.
»Das ist der Mann, der uns am Samstag mitgenommen hat, als wir Arantes folgen wollten.«
»Ach so!« Der Schmied schien nicht viel daran zu finden. Berne war gestikulierend und rufend den schmalen Holzsteg entlang ins Hafenbecken hinausgelaufen. Jetzt half er dem Segler, das Boot zu vertäuen, und erzählte ihm im Schnellgang die Abenteuer der letzten drei Tage.
»Wenn nur die Hälfte davon stimmt, ist das ja eine ganz tolle Sache», lachte der braungebrannte Segler und folgte Berne zu den beiden anderen.
»Rex«, stellte er sich vor.
»Kattowitz«, sagte der Schmied einsilbig.
»Kann ich ihnen irgendwie helfen?« fragte Rex.
»Wüßte nicht wie.«
»Na, zum Beispiel mit einem schnellen Boot.«
Der Schmied hob ruckartig den Kopf. Haben Sie denn eins?«
»Ich nicht, aber ein Freund von mir drüben in Lin-

dau. Wir können schnell mal rüberfahren, ich habe einen Wagen da.«

Am Hangar tat sich nichts. Die Polizei war damit beschäftigt, Neugierige zurückzudrängen, die durch die Einsatzwagen und den Hubschrauber angelockt wurden. Der Kommissar hatte inzwischen von der Verhaftung Büchis erfahren und beifällig genickt. Seine Stimmung schien sich dadurch ein wenig zu bessern. Im Büro der Sekretärin packte Victor Arantes zwei mächtige Reisekoffer mit Dokumenten, Geld und Schmuck sowie mit Kleidern und Wäsche voll. Die Sekretärin ging ihm dabei geschickt zur Hand. Dabei fragte sie immer wieder: »Und das hier wird alles geschlossen? Das ist aber wirklich schade, ich habe so gerne hier gearbeitet.«
»Ich war auch mit Ihnen zufrieden, Sie waren fleißig und zuverlässig«, sagte Arantes, »und Sie haben niemals Fragen gestellt. Ich werde Ihnen noch das Gehalt für ein volles Jahr auszahlen.« Er griff in einen der beiden Koffer, zog einen von vielen großen gelben Umschlägen heraus und entnahm ihm einen Packen Geldscheine.
»Niemand soll sagen, Victor Arantes sei unfair gewesen und habe andere mehr als nötig mit hineingezogen.« Er überreichte der jungen Frau die Banknoten, die er zuvor sorgfältig abgezählt hatte.

»Das wäre gar nicht nötig gewesen«, sagte die Frau und begann fast zu weinen.

»Verstecken Sie es gut, sonst nehmen Ihnen die Bullen das Geld am Ende noch ab«, sagte Arantes.

Die Sekretärin schob das Geld in ihre Handtasche.

Der Kommissar schaute auf die Uhr und sagte: »Die Zeit geht wieder mal überhaupt nicht rum.«

Victor Arantes sah auf die Uhr und sagte: »Noch zweieinhalb Stunden.«

Erwin Kattowitz schaute zur selben Zeit auf die Uhr am Armaturenbrett des Volkswagens, in dem sie Rex nach Lindau chauffierte, und sagte: »Die Zeit wird knapp ...«

Ein glückliches Wiedersehen

Rex stoppte seinen VW vor einem gemütlichen alten Gasthof. Im Vorgarten, unter ausladenden Kastanienbäumen, saßen an runden Blechtischen ein paar Leute. »Da ist er ja!« rief Rex. Sein Freund hatte ihn bereits erkannt und kam ihnen entgegen.

Rex hatte noch kaum drei Sätze gesagt, da unterbrach ihn der Mann. »Mensch, das ist doch eine Mordsstory für mich.«

»Klar«, rief Rex, »daran hatte ich noch gar nicht gedacht; Franz, ich meine Herr Meyer, ist nämlich Journalist«, erklärte er den anderen.

»Wie der Vater von Felix«, sagte Berne.

Es stellte sich sogar heraus, daß Franz Meyer Felix' Vater kannte.

»Ich hole mir nur noch einen Pulli, dann kann's losgehen«, sagte er.

Als er wiederkam, schaute der Schmied gerade nervös auf seine beeindruckende Taucheruhr.

»Es ist bald sieben«, sagte er.

»Einen Augenblick noch«, Rex kratzte sich hinter dem Ohr, »beschreibt doch mal, so gut ihr könnt, die Segeljacht. Ich bin jetzt schon seit drei Wochen fast jeden Tag draußen auf dem See, vielleicht erinnere ich mich an das Schiff.«

Berne und Uli versuchten die »Annemirl« zu beschreiben, aber als sie fertig waren, lachte Rex ein wenig gequält. »Man merkt, daß ihr Landratten seid; so, wie ihr das Schiff geschildert habt, sehen hier Hunderte aus.«

»Ich hab' ja auch nicht so richtig darauf geachtet«, versuchte sich Berne zu entschuldigen, »dieser Wächter hat meine ganze Aufmerksamkeit...«

»Moment mal«, unterbrach ihn Rex, »ein Wächter sagst du? Saß der auf der Brücke? So ein bulliger, bärbeißiger Typ?«

»Ja, ja, und...«

»Hat er womöglich Comics gelesen?«

»Ja«, rief Berne eifrig, »›Donald Duck‹ und so 'n Kram.«

»Leute«, rief Rex und warf sich in die Brust, »das Schiff, das ihr sucht, finden wir, ich bin heute noch daran vorbeigeschippert.«

»Dann sollten wir die Polizei...« sagte der Schmied, aber er kam nicht weiter.

»Ne«, sagte Rex, »erst mal gucken.«

»Ich hab' damit keine guten Erfahrungen«, brummte der Schmied, aber es war ihm anzusehen, daß er nicht besonders scharf darauf war, dem Stuttgarter Kommissar schon wieder in die Quere zu kommen.

Franz Meyer machte ein flaches Sportboot klar, »Gehen wir denn da alle rein?« fragte der Schmied.

»Eng wird's schon«, lachte Franz Meyer, »aber es wird gehen.«

Durch das kleine Hafenbecken fuhr das flunderflache Boot mit niederen Drehzahlen, aber kaum hatten sie die Umgrenzungsmauer passiert, da schob Franz Meyer den Gashebel nach vorn. Der Bug des Bootes stieg steil aus dem Wasser, quirlige Schaumwogen schossen links und rechts an den Bordwänden vorbei.

»Der macht sechzig Stundenkilometer«, brüllte Franz Meyer durch den Fahrtwind.

Uli stieß seinen Bruder an und sagte: »Wie in dem Luftschacht.«

Zunächst blieben sie nahe beim Ufer. »Auf der Höhe von Hagnau mußt du etwa drei Kilometer seewärts«, schrie Rex durch den Motorenlärm und das Windgeräusch. Meyer nickte nur. Als der kleine Ort rechts von ihnen auftauchte, zog er das schnelle Boot in einer eleganten Linkskurve vom Ufer weg und auf den offenen See hinaus.

Franz Meyer nahm Geschwindigkeit weg, das Boot sank etwas tiefer ins Wasser, ein gemütliches Brummen des Motors löste den hohen, unangenehmen Ton ab, der entstand, wenn das Schiff auf Hochtouren gefahren wurde.

Rund um sie verstreut lagen vereinzelte Schiffe, andere begegneten ihnen auf dem Weg zu ihren Heimathäfen.

»Nur die wenigsten ankern nachts draußen«, sagte Rex, »man weiß ja nie, wie sich das Wetter hier entwickelt.«

»Dann ist die ›Annemirl‹ vielleicht auch gar nicht mehr da?« fragte Berne.

Rex zuckte die Achseln. »Das kann man nicht wissen, deshalb wollte ich ja auch erst nachschauen, ehe wir die Polizei kopfscheu machen.«
Die Sonne sank hinter die flache Hügelkette, auf der man die Gebäude der Konstanzer Universität sehen konnte.
»Da vorn, das könnte sie sein!« rief Berne, und Uli nickte eifrig. Franz Meyer schaltete den Motor ab. Die Ruhe kam so plötzlich, daß sie fast schon wieder schmerzte.
»Und jetzt?« fragte Rex und schaute den Schmied an.
»Wenn der Wachmann auf dem Boot ist, wird er die Jungen wiedererkennen.«
»Am besten wird es sein, wir fahren zurück und holen die Polizei«, meinte Berne.
»Aber in der Dunkelheit finde ich den Kahn nicht mehr«, gab Rex zu bedenken.
Meyer lachte leise. »Sollen wir die ›Annemirl‹ etwa entern?«
»Warum eigentlich nicht«, sagte der Schmied. Er hatte sich erhoben, so daß das kleine Boot gefährlich schwankte. Er legte die rechte Hand über die Augen und sah zu dem Schiff hinüber. Viel war nicht zu erkennen, denn die Entfernung war noch ziemlich groß.
»Auf jeden Fall kann ich ein bißchen näher ranfahren«, sagte Franz Meyer und ließ den Motor wieder anspringen. Er gab Gas und fuhr nun schließlich schnell auf die »Annemirl« zu.

»Ihr zwei duckt euch mal ein bißchen«, sagte der Schmied zu Uli und Berne. Die beiden Jungen preßten sich, so gut es ging, an die Bootswände. Das flache Boot zog eine weite geschwungene Kurve um die Jacht, an deren Bordwand ein neuer Name stand, den Rex mit Hilfe eines Fernglases, das Meyer aus einem schmalen Kasten unter der Steuersäule hervorzog, entziffern konnte: »Alpha II steht da«, berichtete er, »und der Mann sitzt auf der Brücke. Jetzt nimmt er auch ein Fernglas hoch und beobachtet uns.«
Meyer nahm Kurs auf Konstanz. Wieder einmal schaute der Schmied auf die Uhr. Jetzt mußte sich dieser Herr Arantes bald auf den Weg machen.
Tatsächlich sprach Arantes um diese Zeit gerade seine Sekretärin an: »Sie können jetzt gehen.«
»Aber die Polizei«, wandte sie ein.
»Keine Bange«, sagte Arantes und versuchte sein angespanntes Gesicht zu einem Lächeln zu zwingen. »Gehen Sie direkt auf die Leute zu, sagen Sie, Sie wollen mit dem Einsatzleiter sprechen, und erklären Sie dem dann, daß Sie von all den krummen Dingern, die wir hier getrieben haben, keine Ahnung hatten. Das stimmt im Grunde ja auch. Sie werden vielleicht ein paar Unannehmlichkeiten haben, aber das geht vorbei.«
Die junge Frau ging zur Tür, kam dann noch mal zurück und gab Arantes die Hand. »Alles Gute«, stammelte sie, »ich drücke Ihnen die Daumen.« Dann wandte sie sich endgültig zum Gehen. An

der Tür drehte sie sich noch einmal um und hauchte: »Und vielen Dank auch für alles, Herr Arantes.« Damit war sie draußen.
»Und nun zu euch«, sagte Arantes. »Jeder von euch trägt einen Koffer, stark genug seid ihr ja wohl. Ihr geht vor mir her, langsam und im Gleichschritt. Ich kontrolliere das genau. Ich bin immer hinter euch, und ich habe immer eine geladene Waffe in der Hand.«
Rainer und Felix hoben je einen Koffer an.
»Mach die Tür auf«, sagte Arantes zu Felix. Seine Stimme klang seltsam gespannt. Der Junge gehorchte.
In der Halle war es bereits dunkel. »Rechts von der Tür ist ein Schalter«, zischte Arantes.
Felix ertastete den Lichtschalter und drückte. Nichts. »Funktioniert nicht«, sagte er.
»Sofort zurück ins Zimmer«, rief Arantes rasch. Er zog die beiden an den Armen in das Büro hinein, schlug die Tür zu und hastete zu der Lautsprecheranlage. Fast atemlos begann er hineinzuschreien: »Ihr seid wohl nicht bei Trost! Sorgt sofort dafür, daß die Sicherungen wieder reingedreht werden, sonst büßen es die beiden hier. In drei Minuten will ich Licht haben.«
Nach einer Minute klingelte das Telefon. Arantes nahm hastig ab. »Ja?« bellte er in den Hörer.
»Ein Versehen«, brummte der Kommissar am anderen Ende der Leitung, »irgendein übereifriger Beamter. Das Licht ist an, Sie können rauskommen.«

»Also, das Ganze noch mal von vorn«, sagte Arantes.
Diesmal lag die ganze Halle in gleißendem Licht.
»Nach links«, befahl Arantes.
Die Jungen stiegen die Eisentreppe hinunter, wobei ihnen die großen Koffer Schwierigkeiten berei-

teten. Unten wollte Felix automatisch auf die Halle zugehen, in der die Autos geparkt waren.
»Halt«, zischte Arantes, »die kleine Tür dort hinter dem roten Mercedes!«
Die Jungen mußten zuerst mit den Augen die gekalkte Seitenwand absuchen, ehe sie die kleine Tür entdeckten, die aussah, als ob sie nur zu einem Materialschrank führen würde.
Sie marschierten hinüber. Nirgendwo war ein Polizist zu sehen. Als sie den roten Mercedes erreichten, befahl Arantes: »Stehenbleiben, und daß mir ja keiner Dummheiten macht.« Er ging an ihnen vorbei, drehte sich aber sofort auf dem Absatz herum. Die Pistole zeigte nun auf Rainers Magen, während der Mann schrittweise rückwärtsging, bis sein Rücken die Wand berührte. Er fingerte einen Schlüssel aus seiner Jackentasche und sperrte die schmale Tür auf. Mit einem Fußtritt öffnete er sie vollends, dann sagte er schnell: »Da hinein.«
Felix ging als erster durch die schmale Öffnung. Seine Augen mußten sich erst an den diffusen Schein gewöhnen, der von einer schwachen Lichtquelle kam. Die Tür fiel krachend zu, ein Schlüssel wurde umgedreht. Dann flammte Licht auf.
Erstaunt blickten sich die Jungen um. Sie waren in einem schmalen Korridor, kaum mehr als zwei Meter breit. Eineinhalb Meter dieser Breite nahm ein Kanal ein, fünzig Zentimeter maß ein Steg, auf dem sie jetzt im Gänsemarsch vorwärts gingen, auf die schwache Lichtquelle zu, die von der Decken-

beleuchtung überstrahlt wurde. Sie mußten etwa dreißig Meter gehen, bis sie das schmale Sportboot erkennen konnten, das in dem Kanal lag und von Ali an zwei eisernen Ringen knapp unterhalb des Stegs, auf dem sie gingen, festgehalten wurde.

»Einsteigen«, befahl Arantes. Felix und Rainer mußten sich auf zwei gepolsterte Sitze in der Mitte des Bootes setzen. Ali saß vorn am Steuer, Arantes nahm im Heck Platz.

Der Junge am Steuer drückte auf einen kaum sichtbaren schwarzen Knopf neben dem vorderen Eisenring, an dem das Boot normalerweise wohl mit Tauen festgemacht war. Zehn Meter vor ihnen hob sich ein Tor, das ausah, als ob es gemauert wäre.

Ali gab Gas. Das Boot beschleunigte und schoß auf das Tor zu, das erst dreißig Zentimeter über der Wasserfläche war. Felix konnte erkennen, daß die Mauersteine nur aufgemalt waren, aber dann warf er sich schon flach auf den Boden. Rainer ebenso.

Arantes hinter ihnen lachte. Das Boot schoß unter dem Tor hindurch auf den offenen See hinaus. Als es diesen seltsamen Seitenausgang der Halle verließ, hatte es schon fast seine Höchstgeschwindigkeit erreicht. Ali zog den Flitzer sofort in eine sehr enge Linkskurve, um ihn gleich darauf in eine ebenso enge Rechtskurve zu zwingen.

Rainer und Felix hatten bei diesen Manövern Mühe, sich vom Boden aufzurappeln.

Kommissar Lenz' Mannschaft war völlig davon überrascht worden, daß Arantes mit den beiden Jungen durch eine Art Geheimgang verschwand. Noch ehe sie sich auf die neue Situation einstellen konnten, hatte das Sportboot den Hangar verlassen. Zwar registrierte eine Manschaft der Wasserschutzpolizei das ausfahrende Boot, aber ehe sie sich mit der Einsatzleitung in Verbindung setzen konnte, war das Schnellboot schon fast verschwunden. Die Flucht, so schien es, war Arantes geglückt.

Franz Meyers Boot näherte sich langsam von der Seeseite her der »Alpha II«, ehemals »Annemirl«.
»Und sie wollen das wirklich wagen?« fragte Rex zum drittenmal.
Der Schmied, der splitternackt im Boot saß, nickte nur grimmig. Die Nacht ließ sich gemächlich auf dem See nieder, die Konturen der Hügelketten verschwanden langsam, die Lichter in den Häusern leuchteten immer deutlicher. Etwa zwanzig Meter vor dem Bug der »Alpha II« glitt der Schmied ins Wasser. Meyer gab sofort Gas und fuhr dicht an der Schiffswand der »Alpha II« vorbei zum Heck, wo der Wachmann saß und nun aufsprang. Er wedelte mit den Armen, wie jemand, der einen Schwarm Insekten verscheuchen will.
Meyer nahm Gas weg und ließ sein Boot treiben.

»Haben Sie etwas gerufen?« fragte er scheinheilig zu dem Wächter hinauf.
»Verschwindet hier, ihr habt hier nichts zu suchen!« rief er zurück.
»Wieso, der See gehört allen«, lachte Rex.
»Das heißt noch lange nicht , daß ihr uns hier belästigen dürft.«
»Aber das wollen wir doch gar nicht«, sagte nun wieder Meyer, »wir verschwinden ja wieder, aber ehrlich gesagt, so viel Unfreundlichkeit ist unter Skippern nicht gerade üblich.«
»Interessiert mich nicht«, sagte der Mann an Deck der »Alpha II«.
»Einen Moment noch«, rief Rex, »ich habe mir eingebildet, ich würde das Schiff kennen. Aber früher hieß es Annemirl, können Sie mir das erklären?«
Der Mann auf dem Schiff griff hinter sich. Selbst in der einsetzenden Dunkelheit konnte man erkennen, daß er vor Wut kochte. Er zog etwas hinter seinem Stuhl hervor.
»Verdammt«, zischte Rex, »das ist ein Gewehr.«
»Wenn ihr nicht sofort verschwindet, mache ich euch Beine«, brüllte der Mann jetzt los, »ich jage euch eine Ladung Schrot in den Hintern!«
Im fahlen Licht der ersten Sterne tauchte am Bug des Schiffes Erwin Kattowitz auf. So wie Gott ihn geschaffen hatte. Splitternackt. Es war wie eine Erscheinung.
Uli dachte: Das Schiff muß doch geschwankt ha-

ben, als er seinen schweren Körper hinaufgezogen hat.

Ganz langsam näherte sich der Schmied dem Mann, der drohend seine Schrotflinte an die Schulter hob.

»Okay, okay«, sagte Rex besänftigend, »wir wollen bestimmt keinen Ärger, schon gar nicht mit Arantes.«

Der Name wirkte wie ein Zauber. Der Wächter ließ für einen Moment verwirrt die Flinte sinken. Dann wurde ihm offensichtlich schlagartig bewußt, was dieser Satz bedeuten mußte. Sofort riß er die Flinte wieder hoch. Man hörte, wie er den Sicherungshebel umlegte. Der Schmied stand jetzt direkt hinter ihm.

Langsam hob Erwin Kattowitz die Hand und tippte dem Wächter auf die Schulter. Völlig überrumpelt drehte sich der Mann um. Der Mund blieb ihm offen, als er den riesigen splitternackten Mann vor sich stehen sah. Der Schmied nahm ihm das Gewehr aus der Hand, als ob dies die größte Selbstverständlichkeit wäre.

Jetzt erst konnte der Wächter wieder einen Gedanken fassen. Seine Rechte schoß blitzschnell vor und traf den Schmied, der noch versuchte, nach rechts auszuweichen, an der linken Schulter. Erwin Kattowitz schüttelte sich wie ein nasser Hund und schlug zurück. Sein linker Haken kam exakt. Der Wächter Arthur knickte in den Knien ein und ging zu Boden.

»Was ist da oben eigentlich für ein Lärm?« hörte man jetzt eine weibliche Stimme. Annemirl steckte den Kopf durch die Luke, sah den nackten Schmied mit dem Gewehr und stieß einen spitzen Schrei aus. Im gleichen Augenblick zog sich Uli über die Bordwand, Berne folgte, dann erschien Rex, und schließlich kam auch noch Meyer.
»Hört das denn gar nicht mehr auf?« schrie Annemirl hysterisch.
Der Schmied, der sich ein wenig hinter die Wand der Aufbauten zurückgezogen hatte, weil er sich wegen seiner Nacktheit doch ziemlich ungemütlich fühlte, sagte von dort: »Wir sind nur ein Vorkommando, Arantes kommt gleich, und die Polizei sicher auch.«
»Oh«, sagte die Frau, zu mehr war sie nicht mehr fähig.
»Wir müssen das Sportboot verschwinden lassen«, sagte Rex.
»Aber zuerst will ich meine Kleider.« Der Schmied hatte sich jetzt ganz in den Schatten der Aufbauten zurückgezogen.
»Da hinten kommt ein Schiff«, rief Uli.
»Spring du ins Boot!«, rief Rex Uli zu, »und wirf die Klamotten vom Schmied rauf. Ich ziehe die Kiste dann auf die andere Seite. Dort machen wir sie fest, und du kommst dann wieder rauf.«
Franz Meyer ging auf Annemirl zu und sagte freundlich: »Sie werden wohl keine Schwierigkeiten machen, oder?«

Die Frau schüttelte nur verdattert den Kopf. Die Kleider kamen über die Reling geflogen. Der Schmied schlüpfte hinein, dann zog er Arthur, der noch immer ohne Bewußtsein war, zum Kabineneinstieg und ließ ihn die Treppe, die Berne neulich so elegant hinuntergerollt war, hinabgleiten. Unten nahm Meyer den schweren Körper in Empfang und deponierte ihn unter dem Tisch. Annemirl saß auf einer Bank und zitterte. Meyer hielt die Schrotflinte im Arm. »Da.« Berne brachte dem Schmied die flache Schirmmütze, die Arthur, der Comicleser getragen hatte. »Wenn Sie die Mütze aufsetzen und dann den Platz von Arthur einnehmen . . .«
»Schon kapiert«, sagte der Schmied.
Uli kam wieder an Deck und verschwand mit den anderen in der Kajüte. Der Schmied hockte sich bequem in den Deckstuhl, gerade noch rechtzeitig. Eine Minute später kam das Boot mit Ali, Arantes, Felix und Rainer längseits nahe heran.
»Alles in Ordnung?« rief Arantes, als er den Motor abgestellt hatte. »Mhm«, brummte der Schmied.
»Ist das eine Antwort?« bellte der nervöse Arantes.
Der Schmied erhob sich und machte eine ungewisse Geste, dann brummte er: »Okay, alles okay!«
»Na also!« rief Arantes, »ich hab' da zwei Jungs als Geiseln, die schick' ich zuerst rauf. Wirf die Strickleiter runter.«

»Verdammt«, entfuhr es Erwin Kattowitz. Wo waren die Strickleitern?
»Was ist denn, du Schwachkopf«, schimpfte Arantes, »sitzt du auf den Ohren?«
Erwin Kattowitz sagte nichts, er suchte fieberhaft die Innenseite der Reling ab. Da war etwas. Er zerrte daran und fummelte es über die Bordwand.
»So ungeschickt warst du auch schon lange nicht mehr, hast wohl getrunken?« brüllte Arantes.
Das war eine Idee, dachte der Schmied. Er lallte: »K – kei – keinen Tro – Tropfen.«
»Heiliger Strohsack, das wirst du mir büßen!«
Arantes hatte endlich die Strickleiter in der Hand. »Hier hinauf«, fuhr er Felix an. Der Junge turnte bis zum Bootsrand, schob den Kopf drüber und sah direkt in das Gesicht von Erwin Kattowitz, der beschwörend den Zeigefinger auf die Lippen preßte. Nur mit größter Mühe konnte Felix einen Jubelschrei ersticken.
Rainer folgte, und ihm ging es nicht anders. Dann straffte sich die Strickleiter ein drittes Mal.
»Du reichst mir die Koffer nach«, sagte Arantes zu Ali und begann die Strickleiter hinaufzuklettern. Die Pistole hatte er zuvor in seinen Hosenbund gesteckt. Als er gerade den Kopf über die Oberkante der Reling schob, schrie Annemirl in der Kajüte los: »Victor! Vorsicht! Das ist eine Falle!«
Rex drückte ihr zu spät die Hand auf den Mund.

Arantes starrte ungläubig in das Gesicht des Schmieds. Er klammerte sich mit der linken Hand fest und zerrte mit der rechten an der Pistole. Aber da hatte ihn Erwin Kattowitz schon unter den Achseln gepackt und hochgehoben.

»Ein kühles Bad wird dir guttun«, sagte er mit seiner tiefen Stimme und stieß den Körper weit hinaus, als ob er nicht viel schwerer wäre als ein Ball.

Arantes kam platschend auf der Wasseroberfläche auf und ging gurgelnd unter. Schnell beugte sich der Schmied hinaus und zischte: »Ali, hau ab!«

Prustend kam Arantes wieder an die Wasseroberfläche und rief: »Ali, hilf mir, ich kann doch nicht schwimmen!« Der Motor des Schnellbootes heulte auf. Ali legte den Gang ein. Arantes strampelte wild. »Halt doch!« schrie er, »meine Koffer.«

Ali drehte sich um, ergriff beide Koffer und schleuderte sie über Bord, dann raste das kleine Boot in die Nacht hinein.

Glucksend versanken die Koffer. Der Schmied schmunzelte. »Ein guter Taucher holt die in drei Minuten wieder herauf.«

Dann warf er Arantes ein Tau zu, an dem sich dieser mit letzter Kraft festklammerte.

Der Schmied zog den klatschnassen Mann an Deck und sagte dumpf: »Das war für den Schlag mit der Pistole, und wenn du Zicken machst, fliegst du wieder rein.«

Er packte Arantes am Arm und zerrte ihn in die Kajüte.

«Hat das Ding hier Funk?« fragte er.
»Klar«, sagte Rainer, »sieht man doch an den Antennen.«
»Daß einer schon mal Antennen hatte, aber keinen Funk, hast du noch nicht erlebt, Herr Klugscheißer«, grunzte ihn der Schmied an.
Rex sagte: »Ich habe das Funkgerät schon entdeckt. Soll ich's mal versuchen? Gelernt hab' ich's ja, wie man mit so einem Apparat umgeht.«
Der Schmied nickte. Franz Meyer machte sich Notizen.
Arantes schaute aufmerksam zu ihm hinüber. »Sind Sie Journalist?« fragte er.
Überrascht sah Meyer auf und nickte.
»Was zahlt ihre Zeitung für eine gute Story?«
Völlig perplex starrten alle Anwesenden Victor Arantes an. Der Mann hatte Nerven! Rex, der gerade auf dem Weg zum Funkgerät war, blieb abrupt stehen und drehte sich um. »Na so was«, sagte er, »der Mann ist noch nicht mal verhaftet und versucht schon Geschäfte damit zu machen.«
Zwei Minuten später hatte Rex Verbindung mit Kommissar Lenz. Es war nicht einfach, dem Beamten zu erklären, wie alles gekommen war. In einer halben Stunde wolle er da sein, sagte der Kommissar, nach einer Rückfrage bei seinem Kollegen von der Wasserschutzpolizei.

Ein guter Schluß

Am Horizont über der schwarzen Wasserfläche tauchten kräftige Lichter auf und kamen schnell näher. Sie rissen zwei helle Keile in die Dunkelheit. Es waren die Scheinwerfer des Polizeischnellbootes, das mit schäumender Bugwelle heranrauschte.

Als der Kommissar ächzend von der wesentlich höheren Bordwand des Schiffes auf das Deck der »Alpha II« hinabsprang, schimpfte er: »Hubschrauberfliegen und Bootfahren an einem Tag ist einfach zuviel.«

Er sah sich die bunte Gesellschaft an, die in der engen Kajüte versammelt war. Rainer und Felix hatten noch immer die weißen Bademäntel an, Victor Arantes saß zwischen Franz Meyer und Rex eingepreßt und konnte sich kaum rühren. Der Wächter Arthur lag auf dem Boden; er war inzwischen zu sich gekommen, aber weil der Schmied direkt über ihm stand zog er es vor, weiter den toten Mann zu spielen.

Annemirl kochte in der kleinen Küche Tee. Berne und Uli hatten neben dem Eingang Aufstellung genommen.

Der Kommissar biß umständlich das Ende seiner Zigarre ab und spuckte es auf den Boden.

»Schlechter Tag für Sie«, sagte er zu Arantes.

»Kann man wohl sagen«, brummte der.

»Ihr Mitarbeiter Büchi sitzt auch schon hinter

Schloß und Riegel.« Arantes nickte ergeben, aber Annemirl kam aus der Kombüse geschossen.
»Was? Das ist ja das allerneueste! Als ich heute nacht wegging, war doch ...« Sie schlug die Hand vor den Mund.
Der Kommissar lächelte säuerlich. »Geben Sie sich keine Mühe etwas zu verbergen. Daß Sie mit drinstecken, wissen wir längst.«
»So«, sagte Annemirl schnippisch, »können Sie es auch beweisen?«
»Alles zu seiner Zeit.« Der Kommissar ließ sich jetzt nicht mehr aus der Ruhe bringen.
»Phh«, machte Annemirl und stellte Teetassen auf den schmalen Tisch.
Der Kommissar nippte an seinem Tee und nickte zu Frau Annemirl hinüber. »Was glauben Sie«, sagte er, »was uns der gesprächige Herr Büchi alles erzählt hat?«
»Ich will meinen Rechtsanwalt zuziehen«, fuhr Arantes dazwischen.
»Ja, ja«, beruhigte ihn der Kommissar, »aber so schnell wird das nicht gehen. Hierher können wir ihn ja wohl nicht bringen lassen.«
»Dann sage ich ab jetzt kein Wort mehr.«
»Das verlangt doch auch gar niemand.«
Der Kommissar ließ sich von einem uniformierten Beamten Handschellen geben und fesselte nacheinander Arantes, Arthur und Annemirl.
»Kann jemand den Kahn bewegen?« fragte der Kommissar.

»Ich denke schon«, sagte Rex und stieg zur Brücke hinauf. Bald schon brummte der Dieselmotor, die Scheinwerfer flammten auf.
»Fahren Sie einfach dem Polizeiboot nach«, rief der Kommissar. Langsam setzten sich die beiden Schiffe in Bewegung, nachdem Meyers Schnellboot am Heck festgebunden worden war.
Der Kommissar stapfte die schmale Treppe hinauf und stellte sich mit seiner qualmenden Zigarre aufs Vorschiff. Die klare Nachtluft erfrischte ihn. Erwin Kattowitz folgte ihm nach ein paar Minuten.
»Morgen fange ich an, Hufeisen zu schmieden«, sagte der Kommissar bissig nach einer ziemlich langen Zeit.
Dem Schmied fiel dazu nichts ein.
»Ist doch wahr«, brummte der Kommissar. »Jetzt sieht es so aus, als ob es die einfachste Sache der Welt wäre, einen der gefährlichsten Schmugglerringe zu sprengen.«
Erwin Kattowitz kratzte sich hinter seinem linken Ohr. Dann sagte er bedächtig: »Hat irgendwer den genauen Standort der ›Alpha II‹ notiert?«
»Warum denn das?« wollte der Kommissar wissen.
»Weil die Koffer von Arantes auf dem Grund des Sees liegen, einer – einer seiner Leute hat sie über Bord geworfen – die Koffer wissen Sie, also die Koffer, die Arantes aus seinem Versteck mitgenommen hatte.« Der Schmied war ins Stottern gekommen.

Mißtrauisch sah der Kommissar zu Erwin Kattowitz auf. »Da stimmt doch irgend etwas nicht«, sagte er scharf.
»Ich kann die Koffer ohne weiteres wieder heraufholen«, sagte der Schmied eifrig, »ich bin trainierter und erfahrener Taucher.«
»Das hat sich inzwischen herumgesprochen«, brummte der Kommissar bissig.
»Um so besser, und sehen Sie, deshalb habe ich gefragt, ob der Standort irgendwie festgehalten ist.«
»Ich nehme an, daß ihn die Wasserschutzpolizei wiederfindet.«

»Ich weiß gar nicht, warum Sie so eingeschnappt sind«, sagte der Schmied nach einiger Zeit.
»Das will ich Ihnen gern sagen. Sie sind ein erwachsener Mann und hätten es verhindern müssen, daß Kinder in die Geschichte mit hineingezogen werden. Im letzten Jahr sind Sie damit noch durchgekommen, aber bei mir läuft das nicht: Der Schmied von Jedelzheim ein Held! Sie sind kein Held, Sie sind ein Kindskopf!«
Erwin Kattowitz sah auf den Kommissar hinab. Plötzlich beugte er sich vor, packte den kleinen, dicken Kommissar mit seinen mächtigen Pranken um den Brustkasten und hob ihn hoch.
»Einem Kindskopf wird man es ja kaum übelnehmen, wenn er einen Polizisten ins Wasser schmeißt«, sagte er leise.
Der Kommissar begann wild zu strampeln und schrie: »Lassen Sie mich sofort los! Das ist Nötigung, Körperverletzung ist das und Widerstand gegen die Staatsgewalt.«
Der Schmied hob den zappelnden Mann noch etwas höher.
»Das können Sie doch nicht tun!« Die Stimme des Kommissars überschlug sich. »Ich bin Nichtschwimmer.«
»Ich will ja nur, daß wir uns mal wie zwei ehrliche Männer in Ruhe unterhalten und daß Sie nicht dauernd den Schulmeister rauskehren«, brummte der Schmied und setzte den Kommissar sanft wieder auf den Decksplanken ab.

Die vier Freunde, die sich am Heck des Schiffes einen Platz gesucht hatten, hatten die komische Szene mit angesehen und mußten sich sehr beherrschen, um nicht laut loszulachen; aber Sie hatten Sorgen um ihren Schmied; denn das würde der Kommissar ganz bestimmt nicht auf sich sitzen lassen.
»Geht unter Deck, ihr Grünschnäbel!« schrie der Kommissar herüber. Folgsam stapften die vier in die Kajüte hinunter. Nach etwa zehn Minuten kam der Schmied wortlos herein, trampelte quer durch die Kabine in die Kombüse, suchte in den Schränken herum und kam schließlich mit einer Schnapsflasche zurück. Wortlos verschwand er wieder im Aufgang zum Deck.
Nach einer weiteren halben Stunde legte die »Alpha II« an. Die drei Gefangenen wurden zu einem VW-Bus der Landpolizei gebracht. Der Kommandoführer des Polizeibootes verabschiedete sich von dem Kommissar und sagte dann plötzlich: »Mann, den Jungen hätte ich doch beinahe vergessen!«
»Welchen Jungen?« fragte der Kommissar.
»Na, den Jörg, den haben Sie ja schließlich mit an Bord gebracht, der ist gleich eingeschlafen und pennt immer noch.«
»Kein Wunder bei der aufregenden letzten Nacht«, brummte der Kommissar.
Währen der Mann von der Wasserschutzpolizei Jörg weckte und herausbrachte, sagte der Kommissar zu Erwin Kattowitz: »Wir suchen uns am

besten hier irgendwo einen gemütlichen Gasthof für die Übernachtung, die Spesen übernimmt die Polizei.«

Die vier Freunde glaubten sich verhört zu haben, und Rex fragte: »Friede zwischen Ihnen beiden?«

Der Kommissar zuckte die Schultern, sah zum Schmied hinüber und sagte brummig: »Dem Kindskopf kann man doch nicht böse sein.«

Alle Umstehenden brachen in schallendes Gelächter aus.

»Was ist denn?« fragte Jörg verstört, der verschlafen über die schmale Gangway heruntergetorkelt kam.

»Das erzählen wir dir gleich«, sagte Felix, »jetzt müssen wir zuerst mal rasch ein Hotel finden.«

Im Gasthof »Zum blauen Schwan« kamen sie alle unter, der Kommissar und der Schmied in einem Einzelzimmer, die Jungen in einem Zweibett- und einem Dreibettzimmer.

Sie saßen noch lange an einem runden Tisch in der Nische einer gemütlichen Gaststube. Eine tiefhängende Lampe tauchte den kleinen Kreis noch in sanftes Licht, als alle anderen Gäste schon gegangen und die übrigen Lichter gelöscht waren.

»Polizeistunde!« mahnte die Wirtin.

»Meine Stunde!« trompetete der Kommissar, der nicht mehr ganz nüchtern war und immer neue Geschichten erzählte.

Dann erhob er sich und rief laut: »Einen letzten

Schluck auf meine Freunde.« Er trank das Glas in einem Zug aus und sagte dann fest: »Und jetzt gehen wir alle ins Bett.«
Und so geschah es dann auch.

Kleines Nachwort des Erzählers:

Am nächsten Tag fuhr Kommissar Lenz mit Jörg in einem Dienstwagen gemütlich nach Stuttgart zurück. Taucher der Wasserschutzpolizei holten die Koffer vom Grund des Sees. Der Schmied baute mit den vier Freunden das Zelt ab, dann fuhren sie in seinem Landrover nach Jedelzheim. Es blieben ihnen immer noch fast zwei Wochen für die Erforschung der Wimsener Wasserhöhle – und auch diese Expeditionen ins Innere der Schwäbischen Alb waren noch mit vielen Abenteuern verbunden; aber wenn ich darüber in diesem Buch auch noch erzählen sollte, müßte es vierhundert Seiten oder mehr haben. Vielleicht schreibe ich später mal darüber. Ali blieb übrigens vorerst verschwunden.
Zum Abschluß ihres Ferienaufenthaltes in Jedelzheim feierten der Schmied, Felix, Rainer, Uli und Berne ein großes Fest. Und da war noch einer dabei: Kalle Kattowitz, der Bruder des Schmieds. Er hatte seine Gefängnisstrafe abgesessen. Erwin Kattowitz hatte ihm einen gebrauchten Siebeneinhalbtonner gekauft, einen schönen Laster, mit dem

Kalle ein eigenes Fuhr- und Transportunternehmen aufmachen konnte.
Das Geld dafür stammte übrigens zum Teil aus der Belohnung, welche die Versicherungen ausgeschrieben hatten und die zu gleichen Teilen an den Schmied und die vier Jungen ausgezahlt wurde – genau 3 333 Mark und 33,33333333 Periode 3 Pfennig.

Inhalt

Annemarie
Hahn

Feuerprobe

»Wetten, daß es heute noch irgendwo brennen wird . . . ?«
In der Hauptwache der Städtischen Feuerwehr hat sich am 24. Dezember ein seltsamer Gast eingefunden. Ein halbwüchsiger Junge namens Lutz, der seine Wette unbedingt gewinnen will. Wenig später ist es soweit. Das Wohnhaus des Schallplattenfabrikanten Sturm brennt bis auf die Grundmauern nieder.
BRANDSTIFTUNG?
Die Familie beteuert, daß sie zur fraglichen Zeit im Weihnachtsgottesdienst war. Manches spricht allerdings dafür, daß die beiden Geschwister Inka und Gerold Sturm doch am Brandort gewesen sind. Kriminalkommissar Deißner sieht sich einer Mauer des Schweigens gegenüber. Warum gehen Inka und Gerold jetzt einander feindselig aus dem Wege? Mißtrauen vor allem zwischen Inka und Lutz. Fragen auch um jenen Enzio Tamburini, einen der tüchtigsten Arbeiter im Mirafonwerk und seinem Padrone treu ergeben. Wieso war er zur Brandzeit prompt zur Stelle, um zu retten, was noch zu retten war? Ein unscheinbares Foto hilft schließlich der Fahndung weiter.

Ueberreuter